DUMONT

Als ihre Tante Rosi stirbt, gerät Adas Welt aus den Fugen. Aber nicht so sehr wegen der Trauer um die schrullige Tante. Vielmehr weckt einer der Sargträger Adas Interesse, als er aus Versehen sein Gebetbuch ins Grab fallen lässt. Bo ist Landwirt und nur im Nebenberuf Sargträger. Er ist ganz anders als die verschlossene Ada.
Ada sucht ihr Glück in Büchern und verkriecht sich so vor dem Leben. Bis Bo mit seinen Kühen und Schweinen in ihr Leben tritt. Er liest Ada aus den Landwirtschaftszeitungen vor und stellt ihr schließlich eigene Gummistiefel hin. Doch Ada traut den Schweinen nach wie vor nicht über den Weg, und sie glaubt nicht recht an die Beziehung …
Mit Ada und Bo hat Nicole Balschun zwei Figuren geschaffen, die ungleicher nicht sein könnten, denen man aber am liebsten zurufen würde: Ja, ihr seid genau richtig füreinander! ›Ada liebt‹ ist ein so komischer wie anrührender Roman darüber, wie schwierig es sein kann, sich jemandem über alle Grenzen und Hindernisse hinweg zu öffnen.

Nicole Balschun wurde 1975 in Leer geboren und studierte Literaturwissenschaften und das Lehramt an Förderschulen. Sie lebt mit ihren drei Kindern in Hannover und hätte immer gern ein Hausschwein gehabt.

NICOLE BALSCHUN

Ada liebt

ROMAN

DUMONT

FSC
www.fsc.org
MIX
Papier aus verantwortungsvollen Quellen
FSC® C083411

Zweite Auflage 2012
DuMont Buchverlag, Köln

Umschlag: Zero, München
Umschlagabbildung: FinePic®, München
Gesetzt aus der Dante
Druck und Verarbeitung: CPI – Clausen & Bosse, Leck
Gedruckt auf säurefreiem und chlorfrei gebleichtem Papier
Printed in Germany
ISBN 978-3-8321-6185-9

www.dumont-buchverlag.de

Meinen Eltern

Vielleicht bekommst du eine Chance, dein Bedürfnis nach Liebe und Leben anderswo zu stillen … Mut, das Leben ist überall … Warte … Gib nicht auf … Warte! Es dauert nicht mehr lange, und das Leben wird neu erwachen …

Madeleine Bourdouxhe

Das Ende

Du bist seltsam, Ada, aber ich liebe dich, sagte Bo jetzt. Ich hielt den Hörer in der Hand und mein Nacken wurde heiß. Gehen wir auf den Friedhof am Sonntag, fragte ich und Bo schwieg. Bo, sagte ich und er räusperte sich. Ich habe dir etwas sehr Wichtiges gesagt, Ada, und du musst etwas dazu sagen, sagte Bo.

Was soll ich sagen, fragte ich. Ich hatte so viele Wörter, ich liebte die Sprache, ich hatte sie studiert, und nun half sie mir nicht, gab mir keine passenden Worte, nur ein Krächzen, etwas Vorsprachliches, nichts, das Bo verstand, nichts, das es mir selber erklärte. Bo, sagte ich, was soll ich dir sagen. Liebst du mich, sagte Bo, ich muss es wissen.

Ich schwitzte und der Hörer rutschte in meiner Hand. Ich dachte nach und ich wusste, dass dies der Moment war, und ich sagte, Bo, das ist der Moment, oder? Bo sagte, ja, und mein Nacken brannte. Ist es so schwer, fragte Bo. Nein, dachte ich, aber das ist keine Antwort, keine, die du hören möchtest. Was ist eine Antwort? Bo, hämmerte es in meinem Kopf. Was sollte ich ihm sagen?

Ich dachte an sein verschwitztes Haar und seine blitzenden Augen und an die Wollsocken auf dem Wohnzimmertisch und an Bo, der aus dem Stall kam mit hochgekrempelten Ärmeln und Schmutz im Gesicht. Ich sah ihn vor mir, wie er mit seiner Nase im Weinglas jede einzelne Traube würdigte, bevor er trank, und wie er Siegfried zärtlich über den Kopf strich. Es waren kleine perfekte Momente. Momente, die keiner Worte bedurften, doch jetzt brauchte ich sie und fand keine. Bo, flüsterte ich.

Ich dachte an seine Küche, die nach Schwein roch, und an seinen messerscharfen Verstand, und ich dachte an Bo, wie er neben mir in der Oper saß, die sonst wilden Haare ordentlich gescheitelt, meine Hand nahm und die Musik plötzlich vielfarbig wurde. Mir fiel meine Mutter ein, die mich fragte, kocht dein Blut, Ada, kannst du es fühlen, und ich fühlte in mich hinein und damals sah ich es nicht, weil ich es nicht kannte, aber jetzt war es da, eine Atemnot, ein Wortstillstand und ein großer Schmerz, und ich flüsterte, ich liebe dich, Bo, in das Knacken am anderen Ende der Leitung, und das Schweigen stimmte unser Ende an wie eine Fanfare. Ich wusste nicht, was es bedeutete.

Später auf dem Bahnhof hatte ich es verstanden, bei dem vierten Zug, der Bo nicht brachte. Ich wartete drei Stunden auf Bo. Nachdem er nicht aus dem ersten Zug ausgestiegen war, wusste ich, dass er nicht kommen würde. Trotzdem wartete ich. Züge rauschten an mir vorbei und Gesichter verschwammen in ihnen zu einem trostlosen Pastellgemisch. Der Wind fegte eisig über den Bahnsteig. Der Himmel war grau und trieb träge Wolken vor sich her.

Die Türen öffneten sich und spuckten hastige Menschen aus. Eine Frau schleppte vier Plastiktüten und zog ein Bein nach, sie ächzte unter dem Gewicht ihres Gepäcks. Ein Mann stand neben ihr und drängelte, los jetzt, sagte er. Er zog eine Zigarette aus der Manteltasche, steckte sie an und blies ihr den Rauch ins Gesicht. Sie blickte auf ihre Tüten und ging langsam weiter. Kann ich helfen, fragte ich und sie sah auf, was fällt Ihnen ein, sagte sie.

Zwei Kinder jagten einander um den Fahrkartenautomaten und die Mutter versuchte, sie zu beruhigen. Bleibt stehen, rief sie und die Kinder rannten kreischend noch schneller. Ein Pärchen umarmte sich und er küsste sie lange mit geschlossenen Augen, sie sah an seinem Kopf vorbei zu den Leuten und ihr Gesicht war rot. Lass, sagte sie und er weinte.

Ein Obdachloser wühlte in den Mülltonnen und sammelte Zigarettenstummel vom Bahnsteig, ein junges Mädchen warf eine Zigarette vor seine Füße und klebte einen Kaugummi an die Wand. Sie schmiss ihre Haare nach hinten. Er bückte sich, seine Hände waren schwarz. Das Mädchen sah in eine andere Richtung, die Wolken hingen tief.

Bo kam nicht. Nach drei Stunden stand ich auf und verließ den Bahnhof. Ich ging nicht nach Hause, denn dort wartete alles auf Bo, auch die Wände. Ich lief los und die Stadt, in der ich viele Jahre gelebt hatte, kam mir fremd vor. Die Kirchen, die Häuser, die grauen Straßen mit ihren kreischenden Straßenbahnen, die vielen Menschen, der ölige Geruch, fremd, alles noch nie da gewesen. Das Prasseln des Regens verschluckte meine Schritte und die Menschen verschwammen in der Kälte zu konturlosen Nichtigkeiten. Wo bist du, flüsterte ich in die Dunkelheit.

Er hat Schweine, hatte mein Vater gesagt und ich dachte darüber nach, was ich hatte. Ich dachte, es wären die Wörter gewesen, aber die hatte ich nicht, nicht einmal genug, um es Bo zu sagen. Sie hat es im Kopf, hatte mein Vater gesagt, nicht in den Beinen, und nun rannte ich durch die Stadt, weil ich es auch nicht im Kopf hatte, und meine Beine trugen mich weit, und als es hell wurde, stand ich still und rief meinen Vater an.

Er ist weg, sagte ich in die Telefonzelle hinein, meine Stimme war mir fremd und mein Vater sagte, wer, und ich wusste, dass es keinen Sinn hatte, denn es waren wieder die Wörter gewesen, die nicht bei mir waren, und das hatte noch nie jemand verstanden, nur Bo, und der hatte die Liebe mitgenommen.

1

Ich lernte Bo auf der Beerdigung kennen. Wir trugen schwarze Kleider und hielten in der Hand ein Gesangbuch. Mein Vater hatte ein Taschentuch in den Ärmel gesteckt, für alle Fälle, hatte er gesagt. Wir hatten gebetet und der Pfarrer hatte von Engeln und Rosen gesprochen, dann sangen wir und bei der dritten Strophe kam Bo. Ich sah ihn und dachte an meine Mutter, die mich immer gefragt hatte, kannst du es fühlen, Ada, und jetzt fühlte ich es und sah Bo an und mein Blick ging zu meinem Vater, der meine Hand nahm und leise weinte.

Er hatte mich angerufen ganz früh am Morgen, aber wenn mein Telefon klingelte, nahm ich den Hörer nicht ab, weil mir die Ausreden fehlten, wenn ich nicht in eine Kneipe wollte oder zum Tanzen oder zu einem Vortrag.

Sie fragten mich oft, ich weiß nicht, warum, ich hatte bestimmt nicht diese Aura, von der man spricht, ich schottete mich ab und kannte fast niemanden.

Aber sie fragten mich manchmal nach meiner Telefonnummer, und weil ich nicht spontan war in meinen Äußerungen, gab ich sie ihnen. Wenig später riefen sie an und ich erkannte sie am Klingeln, denn es war schriller und aggressiver. Sagte ich nein, standen sie zwei Stunden später vor der Tür, sagte ich ja, in höchstens einer.

Das ist ihr Jagdinstinkt, hatte mein Vater gesagt und mich vor ihnen gewarnt, heimlich, damit es meine Mutter nicht hörte, deren größter Wunsch doch war, dass ich ausging. Sie sind hartnäckig, Ada, hatte er gesagt und mir einige Ausreden und K.O.-Gas mit auf den Weg gegeben.

Ich versuchte es mit den Ausreden. Ich sagte am Telefon, nein, ich habe keine Zeit, heute gehe ich zum Tanztee. Der andere lachte und sagte, du hast Humor, das gefällt mir, wann soll ich dich abholen. Ich verwünschte meinen Vater und hatte mein erstes Date, bei dem es blieb und von dem wir beide froh waren, dass es nach einer zähen Stunde vorbei war, weil er sagte, ich muss gehen, ich habe ganz vergessen, dass ich noch eine Hausarbeit fertig schreiben muss. Bis morgen, hatte er im Hinausgehen gerufen und ich wusste nicht, ob er die Hausarbeit meinte oder mich. Ich war froh, als er gegangen war. Er war nett, aber was soll man denn reden, mir fiel nichts ein, ihm auch nicht, Musik interessierte mich nicht und er las nicht. Einen Kaffee, hatte ich zu der blonden Kellnerin gesagt und er sagte, zwei, und riss die Augen auf dabei. Er flirtete mit ihr und ich war froh, dass sie da war.

Seitdem entwarf ich mein eigenes Repertoire an Ausreden, die ich auf kleine Karteikarten schrieb und neben das Telefon legte. Mein Ehrgeiz war geweckt und ich entwickelte ein reichhaltiges Angebot, aus dem ich mich zunehmend häufiger bedienen musste, seitdem ich studentische Hilfskraft am deutschen Seminar war. Die anderen Studenten erhofften sich Einblick in die bevorstehenden Klausuren, die ich kopierte, und deshalb wollten sie mit mir ausgehen.

Als an diesem Morgen das Telefon klingelte, war es nicht aggressiv, draußen war es noch dunkel und der Regen trommelte gleichmäßig gegen die Scheibe. Das Klingeln drang wie aus einer anderen Wirklichkeit in mein Ohr und als es mein schläfriges Bewusstsein erreichte, zeigte der Wecker fünf Uhr fünfzehn.

Komm sofort nach Hause, Ada, flüsterte mein Vater am anderen Ende der Leitung. Seine Stimme war von Tränen erstickt und er schnäuzte sich laut in den Hörer. Es geht ihr nicht gut, ich weiß nicht, was los ist, die Ärzte wissen es auch nicht, aber er war auch so jung, der Arzt, weißt du, vielleicht ist er nicht gut genug, du musst kommen und nach ihr sehen und dem Arzt sagen, dass wir einen anderen brauchen, einen mit grauen Haaren und mehr Erfahrung.

Ich fragte ihn nicht, was passiert sei, an seiner Stimme hörte ich, dass es ernst war. Ich komme sofort, sagte ich, wo bist du. Im Krankenhaus, antwortete er, dann legte er auf. Ich zog mich rasch an, stürzte aus meiner kleinen Wohnung und rannte zum Bahnhof, der um die Ecke lag. Sonst störte mich das, ich hörte die Züge den ganzen Tag und nachts wachte ich auf, wenn sie bremsten.

An diesem Morgen war ich froh darüber, dass ich die Züge bei mir hatte, sie würden mich von hier fortbringen, zu ihm, und ich hoffte, es würde noch nicht zu spät sein, denn die Fahrt dauerte drei Stunden und mein Vater hatte geweint am Telefon.

Bo trug mit drei anderen Männern den Sarg aus der Kirche und sie ließen ihn an dicken Tauen in die gefrorene Erde. Bo machte ein ernstes Gesicht und sah auf den Boden. Kleine

Schweißperlen standen auf seiner Stirn, denn der Sarg war schwer, und die Haare fielen ihm feucht ins Gesicht.

Als der Sarg in der Erde verschwunden war, stellte sich Bo mit den drei anderen Männern im Halbkreis vor das offene Grab und der Pfarrer gab ihnen ein Gesangbuch, das Bo falsch herum hielt. Als er sich damit gedankenverloren am Kopf kratzte, fiel es auf den Boden. Bo gab ihm einen Tritt und es flog in das schwarze Loch. Als es auf dem Sarg landete, machte es ein dumpfes Geräusch und Bo zuckte erschrocken zusammen.

Ein Beben ging durch die Trauernden und der Pfarrer schüttelte den Kopf. Bo faltete seine Hände und sah weiter auf den Boden, sein Gesicht wurde rot. Ein Regenwurm pellte sich aus der frisch aufgeworfenen Erde und Bo scharrte ihm mit dem Schuh einen Hügel.

Was ist das für ein Kerl, flüsterte mein Vater neben mir. Weiß nicht, sagte ich und meine Mutter kniff die Augen zusammen wegen der Wintersonne, die tief stand. Tante Rosi hätte es am meisten gestört, sagte sie, aber sie liegt ja da drin und hat ihre Ruhe. Sie hat ein Gesangbuch auf den Kopf gekriegt, sagte mein Vater. Das war Ruhestörung, sagte ich und meine Mutter unterdrückte ein Lachen. Der Tod, sagte der Pfarrer und meine Mutter und ich vermieden es, uns anzusehen.

Wie könnt ihr nur, sagte mein Vater und wir guckten ernst, denn Tante Rosi war seine Schwester gewesen, die so dick war, dass sie Zelte trug und den Türrahmen ausfüllte, wenn sie uns zum Abschied winkte. Sie hatte das Leben geliebt, dolce vita hatte sie es genannt, und wenn sie durch ihre Wohnung lief, hatte sie dunkle Flecken unter den Armen. Ihre blonde Dauerwelle schimmerte in der Sonne, und wenn Tante Rosi in ihrem Garten stand, sah sie aus wie ein leuchtender Rhododendron.

Sie wohnte in einem Vorort in einem kleinen Reihenhaus mit weißem Gartenzaun, um den sich Efeu rankte. Rosen wuchsen in großen Steinkübeln und das Moos kroch die Verandawand hinauf. Sie hatte Gartenmöbel aus Holz und Stoffkissen mit großem Blumenmuster. Schlechtes Wetter passte nicht zu Tante Rosi.

Wenn wir zu ihr kamen, gingen wir fünf Steinstufen hinauf und klopften mit einem eisernen Löwenkopf an ihre Tür. Sie öffnete sich augenblicklich, und der buschige Löwenkopf ging über in Tante Rosis apfelbäckiges Gesicht. Ihr Lieben, strahlte sie uns entgegen und meine Mutter versuchte, ihrer Umarmung zu umgehen, denn sonst versank sie in Tante Rosis mächtigen Brüsten und die Luft blieb ihr weg.

Mein Vater besuchte sie oft, dann aßen sie zusammen Sahnetorte und erzählten von früher, als die Eltern noch lebten, und wenn er nach Hause kam, leuchteten seine Augen. Damals war alles besser, sagte er und ich las mein Buch weiter. Warum, fragte meine Mutter und er sagte nichts.

Was die wohl reden, sagte meine Mutter immer, wenn mein Vater bei Tante Rosi war, und ich fragte mich das auch, denn mein Vater war ein kluger Mensch, er las viel und machte sich Gedanken. Tante Rosi war anders, sie sprach mit ihren Blumen und mit uns über die Nachbarn, die wir nicht kannten, sie zog mich an sich, sodass ich ihr Haarspray und ihr feuchtes Nylon riechen konnte, und sie backte Brot und kochte Eintopf.

Mein Vater liebte sie, vielleicht weil sie übrig geblieben war, seine Eltern waren tot und auch sein jüngerer Bruder, der Krebs hatte. Mehr Geschwister hatte er nicht, nur Tante Rosi, die anders war und anders aussah, aber sie war seine Schwester. Er goss ihre Blumen und mähte den Rasen und sagte ihr, gut siehst du aus, dann ging ein Strahlen über ihr dickes Gesicht.

Sie hat ein schwaches Herz, hatte mein Vater gesagt, als ich im Krankenhaus ankam. Neben ihm stand meine Mutter, müde und blass. Bist du gesund, fragte ich sie. Natürlich, sagte sie, aber bei Tante Rosi ist das kein Wunder, so fett wie sie ist, da würde es doch der stärkste Affe mit dem Herzen kriegen. Mein Vater klappte den Mund auf und wieder zu, er sah grau aus und er sagte, wir müssen ihre Blumen gießen, besonders die Christrosen.

Drei Wochen später rief das Krankenhaus an, um mitzuteilen, dass Tante Rosi tot war, und er weinte am Telefon, als sie es ihm sagten. Was wird aus ihrem Garten, fragte er und meine Mutter sagte, verkauf alles. Mein Vater ging hinaus und sah zu den Vögeln, denen er ein Haus gebaut hatte für den Winter.

Die Meisen hatten einen Kasten und er hängte kleine Kugeln aus Körnerfutter und Bratenfett an eine Holzstange unter das Einflugloch. Aus der Birke, an der früher einmal eine Schaukel hing, hatte er ein Futterhaus für die Drosseln und Amseln gebaut, und wenn sich eine Katze in unseren Garten verirrte, rief er, Mistvieh, und goss ihr Wasser auf den Schwanz.

An diesem Morgen stand er still in unserem Garten und

strich gedankenverloren über das Dach des Vogelhäuschens. Er sah klein aus und alt und ich wollte zu ihm gehen und etwas sagen, etwas, das den Schmerz kleiner machte, etwas, das meinen Vater, der jung war und witzig, zurückbrachte in diesen Moment, aber ich wusste nicht, was, und so ging ich hinaus und stellte mich neben ihn. Kalt heute, sagte ich und mein Vater weinte.

2

Meine Mutter weigerte sich, am Sonntag mit meinem Vater auf den Friedhof zu gehen, und so begleitete ich ihn. Er öffnete das schwere Eisentor und ließ mich an ihm vorbeigehen. Er wirkte unsicher, als er die Harke holte und die Gießkanne.

Keine Schaufel hier, sagte er und seine Augen wanderten nervös über die Gräberlandschaft. Ich suche eine, sagte ich, entschied mich für die Gräbersiedlung zur Linken und setzte mich in Bewegung.

Die Eltern von Tante Rosi und meinem Vater lagen nicht nebeneinander auf dem Friedhof, ein Grab zwischen ihnen war frei und dort hatte Bo Tante Rosi in ihrer mächtigen Eichenkiste hinabgeseilt. Dass meine Großeltern auf Lücke lagen, wie meine Mutter es scherzhaft nannte, war ungewöhnlich, und an Allerheiligen vor drei Jahren zündete mein Vater an ihrem Grab eine Kerze an und Tante Rosi sagte, den Luxus einer nachbarschaftlichen Paarbeziehung hätten sie sich schon zu Lebzeiten gönnen sollen. Meine Mutter lachte leise und sagte, da sind sie nicht die Einzigen, und mein Vater sagte, ich hole eine Harke.

Dass Tante Rosi mittendrin lag, passte zu ihr, und ich wollte auf ihrem Grab einen Obstbaum pflanzen und im Sommer die Körbe voller Obst an die Straße stellen mit einem Zettel daran, zum Mitnehmen.

Das ist pietätlos, hatte mein Vater gesagt und er kaufte Rosen und winterfeste Grünpflanzen und eine rote Kerze. Meine Mutter sagte, vergiss die Heizdecke nicht, und mein Vater schüttelte mit dem Kopf.

Jetzt kniete er vor Tante Rosi nieder und drückte die feuchte Erde fest um die Stauden und ich lief durch die geharkten Wege zwischen den Gräbern, die kalten Steine links und rechts standen wie Bäume in einer Allee.

Schwarze Menschen standen vereinzelt oder in kleinen Grüppchen vor einem Grab und niemand sprach. Man grüßte sich kurz, ohne den Kopf zu heben, und ich verlangsamte meinen Schritt, um nicht zu fröhlich zu wirken, denn an einen Ort wie diesen gehörte die Trauer, und schon die bunten Blumen, die leise den Frühling ankündigten, spotteten ihrer und wirkten absurd in ihren kurzen Röckchen.

Die Wege waren nummeriert und Tante Rosi lag in Nummer siebzehn. Drei Wege weiter sah ich einen Brunnen mit mehreren Gießkannen, dort vermutete ich eine Schaufel. Ich bog zweimal ab und in Weg Nummer neunundzwanzig traf ich auf Bo.

Er stand vor einem offenen Grab und stützte sich auf einen Spaten, den er in die frisch aufgeworfene Erde gesteckt hatte. Ein anderer Mann stand mit einer Spitzhacke daneben, denn es lagen dicke Steine in der Erde und der Spaten half erst in den tieferen Schichten.

Bo drehte mir den Rücken zu und doch war ich sicher, dass er es war. Die Kopfform und der gerade Nacken, seine leicht arrogante Körperhaltung, ich hörte das dumpfe Plong, mit dem das Gesangbuch auf Tante Rosi gefallen war, und sah Bo, wie er dem Wurm Schutzwälle baute. Es waren die gleichen Schuhe, schwarze Ackerschuhe mit schwerer Sohle in einer unvorstellbaren Dimension. Ich stellte mir meine Füße in seinen Schuhen vor und lächelte, denn sie waren so groß, ich hätte darin wohnen können.

Ich blieb stehen und starrte auf seinen Rücken, der breit war, und seine feuchten Haare kräuselten sich über der Jacke. Bo hatte dunkelblonde, dichte Locken und in der Sonne sahen sie aus wie Gold.

Liegt keiner drin, sagte der andere plötzlich und es war, als hallte die Klarheit und die Lautstärke seiner Stimme vorwurfsvoll über die Gräber. Ich hatte Bo angestarrt und fühlte mich ertappt. So, sagte ich und der andere sagte, kannst ruhig weitergehen, und da drehte sich Bo um.

Sein Gesicht war wettergegerbt, seine Augen leuchteten und die kleinen Grübchen neben seiner Nase gaben ihm etwas Verwegenes, das nicht passen wollte zu dem wohleingemeindeten Rest. Mein Gesicht lief rot an und ich versuchte, seinem Blick standzuhalten.

Ach du, sagte er und ich sagte, ich suche eine Schaufel. Bo drückte mir den Spaten in die Hand und ich nickte ihm zu, wie es die schwarzen Leute taten, und ging schnell zu Weg Nummer siebzehn zurück.

Was soll ich mit einem Spaten, Ada, sagte mein Vater, ich will sie doch nicht wieder ausgraben. Mein Vater freute sich nicht über meinen Fund, aber ich freute mich über Bo, und der Spaten war etwas Heiliges und Bo hatte mich erkannt, und ich hatte Bo erkannt.

Jetzt wusste ich, dass ich meinen Vater jeden Sonntag begleiten würde, und ich hoffte, dass es auch in Zukunft keine Schaufeln in Nummer siebzehn geben würde, mein Vater sagte, Ada, und ich ging los, um den Spaten zurückzubringen.

Weiter als bis zu Nummer zwanzig traute ich mich nicht. Was sollte ich Bo sagen, mir fiel nichts ein. Ich wollte etwas Besonderes sagen, etwas, das ihn zum Lachen brachte vielleicht, aber was sollte das sein? Dann sah ich Bo dort stehen in Nummer neunundzwanzig und plötzlich waren alle Wörter verschwunden. Bo sah in eine andere Richtung und ich zog meine Mütze tiefer ins Gesicht und schlich um die Gräber herum. Ich achtete auf meinen Gang, damit ich keine Geräusche machte, denn die Erde knirschte unter meinen Schuhen und Bo war nicht weit weg, und er hatte große Ohren. Ich hielt den Spaten in beiden Händen und duckte mich.

Ada, rief mein Vater. Ich zuckte zusammen und alle Leute drehten sich um und sahen zu meinem Vater, der mit der Hand eine entschuldigende Geste machte und auf mich deutete, dann sahen alle zu mir und ich sah aus wie eine Wahnsinnige. Nur Bo drehte sich nicht um und ich kniete mich hinter ein Grab, hielt den Spaten in der Hand und den Kopf gesenkt.

Bo bewegte sich nicht und ich steckte den Spaten in die Erde eines Grabes in Nummer einundzwanzig, dabei köpfte ich zwei Geranien. Ich kroch lieber ein kurzes Stück auf allen vieren zurück, denn die Steine waren niedrig und wieder blickten alle Leute auf. Hinter einem Engel in Nummer zwanzig stand ich auf und ging schnellen Schrittes zurück zu meinem Vater.

Hast du den Verstand verloren, sagte er. Ich lachte und sagte, schön sieht es aus, und deutete auf Tante Rosis neues Zuhause. Er sagte, ein Spaten ist keine Schaufel, Miss Stratford, und ich hakte mich bei ihm ein. Er sah glücklich aus und der Frühling schickte den ersten weichen Luftzug durch die trübe Spätwinterluft und ich atmete tief ein und sagte, fühlst du es auch, und er fragte, was.

3

Bo hatte keine Bücher, sondern Schweine. Die Leitsau hieß Siegfried, Bo hatte sie so genannt, weil er dachte, sie sei ein Eber. Sie hat alles, was ein Leitschwein braucht, nur der Penis war kurz, da soll mal einer drauf kommen, dass das eine Sau ist, sagte Bo. Warum nicht, sagte ich und Bo schwieg. Als Bo sah, dass Siegfried kein Mann war, hieß sie schon so lange Siegfried, dass es dabei blieb. Sie hört auf ihren Namen, sagte Bo. Schön, sagte ich.

Wir fuhren zusammen Trecker und schaufelten Mist. Abends machten wir ein Feuer und backten Stockbrot. Den Rest kriegen die Schweine, sagte Bo. Wenn es kühl wurde, legte mir Bo eine Wolldecke um die Schultern, die roch auch nach Schwein.

Bo, sagte ich manchmal nur so, weil mir der Klang seines Namens gefiel. Es wird schwarz, sagte Bo und angelte meine verkohlte, längliche Brotwurst aus der Glut, die er auf einem Stein abklopfte. Schwarze Klumpen fielen ab. Ist nicht mehr zu retten, sagte Bo und warf das Brot auf den Mist. Das fressen selbst die Schweine nicht, sagte er.

Am Morgen machte Bo Frühstück. Er trug Gummistiefel und grüne Kordhosen und ein schmutziges Flanellhemd. Seine blonden Locken rollten sich widerspenstig über den Kragen. Seine Hände waren rau und schwarz und in Bos Küche roch es nach Schwein und Kaffee.

Saft, fragte Bo. Kaffee, sagte ich. Und Saft, fragte Bo und ich sagte, ja. Bo hatte Schwarzbrot und Butter und er machte eigenen Käse, es schmeckte alles nach Schwein. Bei dir ist alles wie im Stall, sagte ich.

Gudrun ferkelt, sagte Bo, und ich stellte mir vor, wie er mit seinen schwarzen Händen in die Sau hineingräbt und in ihr herumwühlt, bis er ein kleines rosa Schwein am Schwanz aus ihr herausfischt. Da, sagte Bo und schob mir einen Becher Kaffee hin. Ich mag nicht, sagte ich. Ich muss los.

Wo bist du gewesen, sagte mein Vater, sein Gesicht war lang. Bei Bo, antwortete ich und drückte mich an ihm vorbei durch die Haustür. Wie konnte das nur passieren, sagte er und es klang, als wäre es ein Unfall. Was, fragte ich und hängte meine Jacke an die Garderobe. Er hat Schweine, sagte mein Vater. Die Leitsau heißt Siegfried, sagte ich. Auch das noch, sagte mein Vater.

Wir backen Stockbrot und fahren Trecker, sagte ich. Warum, sagte mein Vater, komm frühstücken. Hab ich schon, sagte ich. Dann eben nicht, sagte er und ließ mich stehen. Ich merkte, dass ich nach Schwein roch, ging unter die Dusche und steckte meine Kleider in die Waschmaschine. Du hättest mit Leo frühstücken sollen, rief mein Vater von unten und das warme Wasser der Dusche verschluckte meine Antwort. Die Worte in meinem Kopf, die eben noch Bo formten, warfen in diesem Moment Leo in meine Gedanken, seine stierenden Augen und die vielen Jahre mit ihm.

Komm doch mit, hatte Leo gesagt, diesmal ungeduldiger, und sein Gesicht sah unzufrieden aus. Leo war es nicht gewohnt, seinen Willen nicht zu bekommen. Dass es ein Mädchen war, das ihm widersprach, war er schon gar nicht gewohnt. Los, komm, drängelte er, es wird bestimmt lustig. Was soll ich dort, fragte ich, alle stehen rum und glotzen auf eine Bühne mit Bands, die ich mir auch zu Hause nicht anhöre, es ist viel zu heiß oder es regnet und alle schlafen im Schlamm. Was soll daran lustig sein? Außerdem tut mir die Musik in den Ohren weh, es ist zu laut.

Es ist, begann Leo, weißt du, auch der Regen kann lustig sein. Und wir wären ein ganzes Wochenende zusammen, auch im Zelt. Er lächelte und in seinem Gesicht lag ein Ausdruck, den ich vorher an ihm nicht gesehen hatte.

Nein, sagte ich, denn mich lockte weder der Regen noch die Vorstellung, mit Leo eine Nacht im Zelt zu verbringen. Mich ödete schon dieses ewige Händchenhalten an, warum taten das alle, hatten sie Angst, dass der andere wegläuft? Ich fand es unangenehm, dieses Berühren der schwitzigen Hände, die immer heißer wurden und immer nasser.

Beim Küssen riss Leo den Mund auf, als wollte er etwas sagen, etwas von großer Bedeutung, aber er sagte nichts, er küsste mich und es machte schmatzende und saugende Geräusche. Unweigerlich dachte ich dabei an eine Saugglocke für verstopfte Klos und fragte mich, warum die Mädchen aus meiner Klasse so romantisch und schwärmerisch waren und so offensichtlich auf der Jagd nach diesen Saugglocken, die cool auf dem Pausenhof standen, in der einen Hand eine Zigarette und die andere lässig in die Tasche ihrer engen Jeans gequetscht.

Nimm Elisabet mit, sagte ich zu Leo, sie war noch nie dort und es hat sie niemand gefragt. Du warst auch noch nie dort, sagte Leo beleidigt, und außer mir wird dich auch niemand fragen. Was soll ich mit Elisabet, ich will, dass du mitkommst. Ich komme nicht mit, ich habe zu tun, antwortete ich und ließ Leo mit seinem Großmut und seiner hängenden Unterlippe allein in der Schulbibliothek zurück, denn ich hatte meine Bücher und es geklärt.

Ich gehe am Wochenende auf ein Festival, sagte Elisabet am nächsten Morgen. Sie war aufgeregt und ich sagte, toll, das ist gut. Warum ist das gut, fragte sie mich, weiß nicht, sagte ich. Es war mir gerade so eingefallen, was sonst hätte ich denn sagen sollen, vielleicht war es ja gut.

Leo hat mich gefragt, sagte Elisabet vorsichtig, bist du böse, dann sage ich ihm, dass ich nicht mitkomme. Nein, sagte ich, ich freue mich für dich. Das war nicht gelogen und ich hoffte, es würde nicht regnen wegen des Schlamms.

Elisabet wirkte verunsichert, sagte aber nichts weiter. Das hatte sich an Elisabet nicht verändert, das Nichtssagen, und inzwischen mochte ich gerade das an ihr. Sie war präsent, aber nie aufdringlich, sie ließ sich ignorieren und war doch immer da.

Wir sprachen nicht viel und in unserem Schweigen lag eine Übereinkunft, die keiner Worte bedurfte. Ein wortloser Raum, der gut tat nach dem dumpfen Geschnatter der anderen, sie nannten es Small Talk, es gab nichts Anstrengenderes. Ich beherrschte die Regeln nicht, stand neben ihnen und schwieg, und wenn ich versuchte, mich zu beteiligen, wollten sie nicht mehr.

Was Leo von der will, sagte Ute, sie lässt ihn abschreiben,

sagte Eric, ich dachte schon, sagte Ute und grinste breit. Ich ließ alle abschreiben, immer, ich verschenkte oft meine Hausaufgaben und schrieb kleine Zettelchen während der Klausuren, aber sie machten Fehler beim Kopieren, verhaspelten sich und brachten Dinge durcheinander.

Später war es dann meine Schuld gewesen. Du hast uns absichtlich falsche Lösungen gegeben, Ada, sagten sie, du willst immer die Beste sein. Ich wollte es nicht und gab oft im Unterricht falsche Antworten, wegen ihrer Worte, die scharf waren wie Messer, aber die Lehrer fragten mich unaufgefordert, wenn die Antwort auf eine Frage ausblieb.

Los, Ada, sagten sie, du weißt es doch, warum meldest du dich nicht, sag schon, es ist doch für dich ein Kinderspiel. Wohlmeinend und nach Rettung heischend standen sie hinter ihrem großen Schreibtisch, schon die Hand an der Wandtafel, zum Schreiben bereit.

Dass es auf der anderen Seite des Schreibtischs kein Kinderspiel war, sahen sie nicht durch ihre dicken Lesebrillen und auch nicht die wütenden Blicke der Mitschüler, und da half es mir auch nicht, dass ich in Sport nicht gut war.

Ich kam über keinen Bock und kroch beim Dauerlauf schnaubend hinter den anderen her. An den Tauen habe ich es nicht annähernd bis zur Decke geschafft und am Balken lernte ich weder Figuren noch Ästhetik, sondern allenfalls das Fliegen. Wie kommt das nur, Ada, fragte meine Mutter kopfschüttelnd, als sie mein Zeugnis überflog und ihr Blick an dem leuchtenden Mangelhaft zwischen den gewohnten Einsernoten hängen blieb.

Seit ich in Betragen wider Erwarten ein *Ausgezeichnet* bekommen hatte, lasen meine Eltern meine Zeugnisse nicht mehr, rasch huschten ihre Augen darüber, nur um zu sehen, ob sich etwas geändert hatte. Es hatte sich nichts geändert, alles war gut, alles bis auf Sport und das Wetter. Beides kam auch in den Nachrichten zum Schluss und es konnte so wichtig nicht sein.

Sie hat es eben im Kopf und nicht in den Beinen, sagte mein Vater und ließ die Zeitung ein wenig sinken, um mir zuzuzwinkern. Ja, sagte ich schnell, nicht in den Beinen.

Meine Mutter sagte, dass das eine das andere nicht ausschließen müsse und sie nicht verstehe, warum das bei mir so sei, so dünn wie ich bin. Sie wird doch schnell laufen können bei den vielen Kohlehydraten in unserem Essen, jeden Tag frisch gekocht, und das viele Obst. Wozu, fragte mein Vater, sie ist doch nicht auf der Flucht.

Am schlimmsten waren die Mannschaftsspiele. Mir graute jedes Mal davor. Ich hatte kein Mannschaftsgefühl, kein Ballgefühl, Leo sagte, ich habe überhaupt kein Gefühl. Wenn Mannschaften gewählt wurden, blieb ich so lange auf der Bank sitzen, bis alle Schüler verteilt waren, die Mannschaft, die Pech hatte und zuletzt dran war, bekam mich.

Ada, sagte der Mannschaftskapitän leise, so leise, als hoffte er, ich würde es nicht hören und einfach sitzen bleiben auf meiner Bank, ihr Spiel nicht stören und nicht im Weg stehen. Sie wären besser dran ohne mich, lieber einen Spieler weniger als einen, der bewegungslos im Feld herumsteht und die Arme abwehrend vor das Gesicht reißt, wenn ein Ball angeflogen kommt. Los, geh, Ada, rief der Sportlehrer ungeduldig. Schon verloren, rief der Mannschaftskapitän noch ungeduldiger und vermied es, mich anzusehen.

Nach dem Wochenende brauchte ich mit Leo nicht mehr

Händchenhalten, er tat es nun mit Elisabet, der es offensichtlich gefiel. Ich war erleichtert, und geregnet hatte es auch nicht. Wie war es, hatte ich Elisabet gefragt. Ich bin durcheinander, hatte sie geantwortet, mehr nicht.

Als Leo in den Klassenraum kam, zog er sie weg von mir und küsste sie auf den Mund. Das saugende Geräusch sollte mir klarmachen, dass es nun so war und nicht mehr wie vorher, ich sollte traurig sein und enttäuscht oder wie in einem amerikanischen Film um ihn kämpfen, was auch immer das bedeutete.

Es ist gut, sagte ich und setzte mich auf meinen Platz. Es ist gut und es hat nicht geregnet. Nein, sagte Elisabet, die Sonne schien die ganze Zeit, sogar in der Nacht, glaubst du das, Ada? Ja, sagte ich und lächelte, das glaube ich, denn die Sonne strahlte noch immer aus ihr heraus und ich hoffte, Leo würde dieses Licht nicht löschen.

Leo hatte im Sportunterricht schnelle Beine und ein gutes Geschick. Er riss den Mund weit auf beim Küssen und hatte die richtige Nase in einem schönen Gesicht, aber wirklich sehen und hören konnte er nicht, und das lag nicht an den Sinnen. Ich wusste, dass Elisabet es auch wusste, und ich hatte mich schon damals gefragt, ob es sie stören würde irgendwann.

4

Bo war kräftig und gesund und deshalb war er ein guter Sargträger. Von den Schweinen kann man nicht leben, hatte Bo gesagt. Da ich während der Woche in den Bibliotheken in einer anderen Stadt saß, sah ich Bo nur am Wochenende und am Sonntag trug er Särge über den Friedhof und machte ein ernstes Gesicht.

Manchmal ging ich mit, denn ich mochte die Stille, und das Scharren der Füße auf dem Boden beruhigte mich. Und ich sah Bo an, der in einem schwarzen Anzug den Sarg trug, und manchmal weinte ich.

Die ersten Wochen begleitete ich meinen Vater auf den Friedhof, und während er Tante Rosis Erde beackerte und kleine Liebenswürdigkeiten hineinsteckte, machte ich mich auf die Suche nach Bo. Meistens fand ich ihn in den Zwanzigern und wir machten uns einen Spaß daraus, uns zu begegnen zwischen den Gräbern, leise und zufällig.

Du wieder, sagte Bo und ich sagte, meine Tante ist hier, und ich fühlte mich ertappt und spürte ein Rotwerden in meinem Gesicht. Bo sagte, es wird wärmer, der Frühling naht, und ich lächelte und Bos Blick hielt mich fest. Bo, sagte er und streckte mir seine Hand entgegen, die wie Leder war, und der Wind kam aus einer anderen Richtung und ich merkte, dass Bo komisch roch.

Manchmal setzten Bo und ich uns auf eine der grün lackierten Bänke. Er sah mich an und einmal strich er mir eine Haarsträhne aus dem Gesicht und ich sagte nicht, lass das. Bo erzählte von den Beerdigungen, seine Stimme war wie Gesang, und ich erzählte von Virginia Woolf und ihrem Wunsch nach einem Zimmer. Bo sagte, schick sie zu mir, ich habe Platz, und wir lachten und eine alte Frau ging vorbei und sah uns vorwurfsvoll an.

Nach drei Monaten wurde es schwieriger, denn mein Vater trauerte nicht mehr so sehr um Tante Rosi und er wollte nicht jeden Sonntag auf den Friedhof. Warum willst du unbedingt dorthin, fragte er mich und ich sagte, wegen ihr, und er glaubte mir nicht, denn ich hatte sie schon zu Lebzeiten nicht gerne besucht. Sie hatte zu viel geredet und damit zu wenig gesagt und ihre körperliche Präsenz war erdrückend gewesen.

Jetzt ist es anders mit ihr, sagte ich, sie ist angenehmer im Umgang geworden. Meine Mutter lachte, selbst mein Vater lächelte und ich sagte, nur noch dieses eine Mal, und er sagte, von mir aus. Wir gingen los und ich wusste, dass ich heute etwas zu Bo sagen musste.

Ich dachte während der Autofahrt darüber nach, und als mein Vater das Eisentor öffnete und mechanisch nach der grünen Gießkanne griff, fiel es mir ein. Ich sagte, ich hole eine Schaufel, mein Vater guckte erstaunt und sagte, wir brauchen heute keine, Ada. Aber ich war schon losgegangen und tat so, als hätte ich ihn nicht gehört.

Bo stand wie erwartet in den Zwanzigern und ich schlich mich an ihn heran. Als ich dicht hinter ihm stand, sagte ich, hallo Bo, und er drehte sich nicht um und sagte, ich wusste, dass du kommst. Ich brauche einen Spaten, sagte ich und Bo holte einen aus dem Schuppen neben der Kirche und ich wartete in Einundzwanzig auf ihn.

Du hängst sehr an deiner Tante, sagte Bo und ich sagte, nein, und an wem hängst du, und Bo sagte, an Siegfried, und ich wusste nicht, wer das war, und Bo sagte, du wirst sie kennenlernen. Meine Tante wirst du nicht kennenlernen, sagte ich und Bo sagte, ich war an ihrem Grab, manchmal gieße ich ihre Blumen, sie heißt Rosalind, das ist ein schöner Name, ich hatte mal eine Kuh, die so hieß.

Ada, rief mein Vater. Ich griff nach dem Spaten und sagte, bis gleich, und Bo wischte sich mit der Hand über sein Gesicht und es wurde schwarz an der Stelle. Bo hatte mal eine Kuh, dachte ich und wusste nicht, was ich damit anfangen sollte.

Als ich meinen Vater sah, hielt ich den Spaten hoch und er rief, ein Spaten, Ada, und eine Frau in Nummer achtzehn schimpfte, das ist kein Stadion hier, und er sagte, Entschuldigung, aber was soll ich mit einem Spaten, und die Frau drehte ihm den Rücken zu. Mein Vater lächelte mich an und zuckte mit den Schultern.

Hast du einen Zettel, fragte ich ihn und er kramte in seiner Jackentasche und holte ein gefaltetes Stück Zeitung heraus. Geht das, fragte er, ich nahm es und kritzelte mit unsicherer Hand meinen Namen und meine Telefonnummer darauf. Was soll das, fragte mein Vater und ich hängte den Zettel an den Spaten und sagte, so ist es gut. Für wen ist das, fragte mein Vater. Für die Toten, sagte ich, vielleicht haben sie ja Telefon. Mein Vater machte ein ratloses Gesicht und ich sagte, ich werde es jetzt auf dem Friedhof finden, und er guckte noch ratloser.

Meine Mutter hätte es verstanden, denn sie sagte mir immer, du wirst es in deinen Büchern nicht finden, Ada. Du musst hinaussehen, aus deinem Fenster, oder in den Garten gehen, in die Stadt von mir aus. Aber hör auf, danach in Büchern zu suchen. Warum werde ich es dort nicht finden, hatte ich sie gefragt, obwohl ich ihre Antwort schon kannte. Weil Bücher tot sind, sie können dein Blut nicht zum Kochen bringen. Du findest dort Antworten, aber die Fragen, Ada, die stellt doch das Leben. Ich sagte dazu nichts, wir stritten in letzter Zeit oft über dieses Thema, meine Mutter erklärte meine Bücher zunehmend zu meinen Feinden und mit jedem Satz, den ich in ihrem Beisein las, zog ich in den Krieg.

Lass sie, sagte mein Vater. In der Ruhe meines Vaters lag jene Ausgeglichenheit, die meine Mutter als sein Phlegma bezeichnete. War es nun Ruhe oder Phlegma, mein Vater war derjenige, der aufgrund genau dieser Eigenschaft unsere Familie im Gleichgewicht hielt, denn meine Mutter und ich haben kein Phlegma, auch kein klitzekleines.

Aufbrausend seid ihr Stratford-Frauen, sagte mein Vater manchmal, meistens dann, wenn es Streit gab zwischen meiner Mutter und mir. Streit gab es selten, und er nannte uns dann seine Stratford-Frauen, obwohl wir nicht so hießen. Mein Vater fühlte sich vornehm und allem überlegen, wenn er uns zu den Stratfords machte. Wir lachten darüber und merkten oft nicht, wie sehr ihn das kränkte, denn vielleicht wäre er wirklich gern manchmal ein Stratford gewesen. Ich genoss die Art, wie er es sagte. Er dehnte das O und ließ die Konsonanten tanzen.

Hatte nun der eine ein Phlegma und der andere kochendes Blut, so funktionierte es vermutlich gerade dadurch, dass sich mein Vater am Blut meiner Mutter wärmen konnte und sie sich an ihm niemals verbrannte.

Sie wollte, dass ich rausging, Jungsein nannte sie es und ihr Blick wurde sehnsüchtig. Das Phlegma meines Vaters half mir in diesen Situationen. Lass sie, sagte er, sie hat schon als Kind anders gespielt.

Ihr zuliebe ging ich hinaus, spazierte durch die Siedlung oder kaufte mir am Kiosk eine Zeitung und setzte mich in den Park, wo ich den Vögeln lauschte und den Liebespaaren zusah. Erst am Abend kam ich zurück, dann rannte ich dreimal um unser Haus, wonach mein Gesicht hochrot und verschwitzt war. Hast du etwas erlebt, fragte mich meine Mutter an der Tür und ich sagte, ja, und sie nickte glücklich.

Meine Mutter deckte den Abendbrottisch immer reichlich. Es gab schönes Geschirr und sie stellte jeden Abend einen Strauß frischer Blumen in die Mitte des Tisches. Aus unserem Garten, sagte sie und mein Vater sagte, schön, ohne aufzublicken, und ich nickte ihr zu und sagte, die sind so strahlend, und sie lächelte und reichte uns Brot und Käse und Kaffee.

Du siehst dem Leben nur zu, sagte sie an einem dieser Abende mit Käse zu mir und musste die Blumen beiseite rücken, damit sie mich ansehen konnte dabei. Diesmal lag nicht dieser Vorwurf in ihrer Stimme und ihr Blick war auch nicht sehnsüchtig, sondern besorgt. Wie kommt das, wollte sie wissen, dein Vater und ich, wir sind doch auch mittendrin. Wo drin, fragte ich sie und mein Vater blickte auf.

Sag du es ihr, sagte meine Mutter. Was, fragte mein Vater und eine unangenehme Pause entstand. Hier, nimm Kaffee, sagte er zu ihr. Sie reichte ihm ihre Tasse, die zitterte, er goss ein und sie schwiegen beide.

Ich fragte sie nicht noch einmal, wo drin sie denn waren, in welcher Mitte, denn ich hatte gemerkt, dass sie es nicht wussten und dass es ihnen nicht recht war, es nicht zu wissen. Nimm Käse, Ada, sagte meine Mutter, du bist so blass.

5

Bo hatte einen Sonntag abgewartet, dann rief er an. Hier ist Bo, sagte er laut in den Hörer und mein Herz schlug und ich sagte, aha, Bo vom Friedhof. Ich habe Roggen, Kartoffeln, ein paar Schweine und achtzehn Kühe, sagte Bo und ich schwieg. Und Nachzucht, sagte Bo. Was ist Nachzucht, sagte ich. Danach ging ich oft ohne meinen Vater zum Grab von Tante Rosi und zündete die Kerze an.

Du bist schön, wenn du trauern gehst, sagte ich nach einer Beerdigung zu Bo. Es ist schade um die Würmer, sagte Bo, besonders bei Regen. Bo fing Fische und die frisch aufgeworfene Erde legte Kolonnen von Regenwürmern frei, die er sich gern an die Angel gehängt hätte. Aber sie würden komisch gucken, sagte Bo. Ja, sagte ich und stellte mir vor, wie Bo während des Gebets in der Erde wühlte und die Würmer in ein großes Einmachglas legte, in dem sie sich wanden und ineinander verhakten.

Er hätte Erde an den Knien und an den Händen und er würde nicht mehr aussehen wie ein berufsmäßiger Trauernder und der Pfarrer würde ihn nicht mehr fragen, ob er den Sarg tragen wolle, und dann würde das Geld knapp.

Was tust du sonst, fragte Bo. Studieren, sagte ich und Bo fragte nicht mehr. Nach dem Abitur muss man sich überlegen, was man machen möchte aus seinem Leben. Leo wusste es sofort und Elisabet auch, sie wollte einfach dahin gehen, wo Leo hinging, und dort irgendwas machen, wie sie es nannte. Leo wollte in eine Großstadt, um etwas zu erleben, und dann mal sehen, sagte er.

Das ist doch kindisch, sagte mein Vater, als ich es ihm erzählte, eine Großstadt ist doch kein Lebensziel, nichts, worauf man hinarbeiten könnte, und nichts, woraus sich einmal etwas machen ließe. Aber die Liebe, sagte meine Mutter, die es romantisch fand, dass Leo Elisabets Ziel war.

Diese Kindsköpfe, sagte mein Vater, der Angst hatte vor zu viel Gefühl und Leidenschaft und der befürchtete, dass meine Mutter wieder sehnsüchtig wurde, wie er es nannte, und dann wieder dasaß am Esstisch und sich kaum bewegte und nichts sagte. Manchmal weinte sie leise und in diesen Zeiten standen keine Blumen auf dem Abendbrottisch.

Was willst du machen, Ada, fragten sie mich an einem dieser Abende mit Kaffee und Brot und ohne Blumen und ich wusste es nicht, obwohl ich ständig darüber nachdachte. Ich wollte so vieles, aber nichts davon war eine Ausbildung oder ein Studium.

Ich zuckte die Achseln und sagte, weiß nicht. Du musst doch wissen, was du magst, sagte meine Mutter, es muss doch etwas geben, das dir wichtig ist. Ich mag euch und ihr seid mir wichtig, sagte ich. Es war nicht gelogen und es klappte, sie war gerührt und strich mir über den Arm. Liebes Kind, sagte sie und weinte ein wenig, denn sie war in dieser Stimmung, und mein Vater hatte mich durchschaut.

Muss melken, sagte Bo, willst du mit. Ich wollte nicht, dieses Ziehen an den Eutern machte aus Bo etwas Tierhaftes, weil seine Finger und die gleichmäßigen Bewegungen seines

Körpers mit der Kuh verschmolzen und Bo Kuh wurde und ich Bo schön fand, wie er war, ohne Euter.

Und, wie ist Bo, fragte mich meine Mutter, als ich nach Hause kam und nach Schwein roch. Sie hatte am Fenster gestanden und gewartet, und sie war aufgeregt wie ein Teenager, sie kicherte und knuffte mich in die Seite. Wie soll er sein, sagte ich. Sag schon, Ada, drängelte sie. Bo ist schön, sagte ich. Bo hat Schweine, sagte mein Vater, der nicht aufblickte von seiner Zeitung und leise grunzte.

Seit es Bo gab, holte er mich nicht mehr von der Haustür ab und er begrüßte mich kaum. Er saß in seinem Lesesessel und vergrub sein Gesicht in einer Zeitung oder einem Buch, und wenn er mit mir sprach, dann über das Tagesgeschehen und die Politik im Großen und Ganzen.

Wie läuft das Studium, fragte er. Gut, sagte ich und er fragte, studiert Bo. Meine Mutter kam aus der Küche und kicherte, ja, er studiert Sauerei. Ich war ihr dankbar und mein Vater verkniff sich das Lachen hinter einem ernsten Gesicht und verschwand wieder in den Lokalnachrichten.

Fühlst du es, fragte meine Mutter, der es wichtig war. Was, fragte ich und sie sagte, die Liebe. Ich fühlte in mich hinein und sah mein Blut rauschen und mein Herz schlagen, aber Bo sah ich nicht.

Ja, sagte ich, ich fühle es, und meine Mutter sah glücklich aus und beruhigt. Ihr war es egal, ob Bo Schweine hatte oder Kultur, sie glaubte an die Liebe und daran, dass selbst ich sie irgendwann finden würde. Der Zeitpunkt war jetzt, dachte sie, und es machte sie glücklich, denn so war es normal und die viele frische Luft bei Bo färbte meine Wangen rot. Jetzt siehst du nicht mehr so blass aus, sagte sie.

Sie nahm mich in den Arm, was mir unangenehm war, ich ließ mich nicht gern anfassen, auch nicht von meiner Mutter, und nun hielten mich ihre Hände und Arme und sie drückte mich an sich und sagte, wie schön.

Ich versuchte, ihr zu entkommen, da trällerte sie, die Liebe, Ada, und ich hoffte, sie würde bald wieder normal werden, und dachte an Bo, und dass sie mehr von der Liebe sprach als er. Seine Leitsau heißt Siegfried, sagte mein Vater.

Gibt es an der Uni keine Jungs, fragte mein Vater. Ich dachte an die dünnen Männer mit den geringelten H&M-Pullovern und den ausgestellten Kordhosen, den hohen Stimmen und den blassen Gesichtern, das waren die Pädagogen, und die mit Hemd und V-Ausschnitt-Pullover mit teuren Markenemblemen darauf und goldenen Brillen und wenigen Haaren, das waren die Juristen oder die Betriebswirte, aber Männer waren es nicht.

Es gab noch langhaarige Alternative, die kein Fleisch aßen und keine Putzpläne mochten, die studierten im fünfundzwanzigsten Semester Sozialwissenschaften, redeten gern und konnten schlecht zuhören. Nein, sagte ich zu meinem Vater. Was ist mit Leo, fragte er. Meine Mutter lachte und sagte, besetzt, und ich dachte an die Saugglocken für verstopfte Klos, und Elisabet tat mir leid.

Am Sonntagabend nach der Beerdigung einer achtzigjährigen Witwe, die Bo nicht gekannt hatte, obwohl ihr Grundstück an seine Schweinewiese grenzte, brachte Bo mich zum Bahnhof. Er winkte dem Zug nach. Er war größer und kräftiger als die anderen Wartenden, und er fiel auf in seinen dicken Stiefeln und der grünen Kordweste. Bo blieb in der

Scheibe von allen am längsten groß und er winkte so lange, bis er nur noch ein schwarzer Punkt war, der zwischen Feldern und Bäumen verschwand.

Im Zug las ich und dachte an Bo unter dem Sarg und an Bo zwischen den Schweinen und an Bo mit einem verkohlten Stockbrot in der Hand. Und ich dachte daran, wie sein Gesicht aussah, als er zu mir sagte, es ist komisch mit uns, Ada. Und ich fragte mich, wie mein Gesicht aussah, als ich ihn fragte, warum.

6

Auch jetzt brachten mich die Züge weg von Bo und in ein anderes Leben ohne Bo. Weil mir nichts Besseres eingefallen war und weil mein Lehrer mir gesagt hatte, auch er könnte nichts raten, zu mir passe irgendwie gar nichts, außer vielleicht Fern-ab-von-Menschen-Kunde, was er lustig fand und ich nicht, und weil ich gerne las und es eigentlich nichts gab, das dagegensprach, hatte ich mich an einer Universität für Literaturwissenschaften eingeschrieben.

Was willst du nachher damit machen, fragte mein Vater und ich wusste es nicht und er sagte, überleg es dir noch einmal. Es findet sich schon, sagte ich und er zog seine Zeitung vor sein Gesicht und wir beide wussten, dass er meinen Entschluss nicht gut fand.

Ist es eine Herzensentscheidung, Ada, fragte mich meine Mutter, der es wichtig war, dass die wesentlichen Entscheidungen aus dem Herzen kamen; das lag an dem kochenden Blut. Ich weiß nicht, sagte ich, vielleicht. Wie fühlt es sich an, fragte sie und ich konnte es nicht sagen. Es fühlt sich gar nicht an, das fühlt man nicht, da rauscht kein Blut durch die Adern, sagte ich.

Das Schöne am Studium war die viele freie Zeit und die große Auswahl an Bibliotheken, in denen ich sie verbringen konnte. Interessant waren nicht die Bücher für mein Studium, sondern die, die am allerwenigsten damit zu tun hatten. Ich las mich im Laufe der Jahre durch einen Wald an Literatur, von Jane Austen bis Émile Zola, und hin und wieder spürte ich tatsächlich mein Blut kochen. In einer solchen Stimmung schrieb ich an meine Mutter, ich schrieb ihr, dass mein Blut kochte und dass mein Gesicht heiß wird vom Studieren. Miss Stratford, schrieb sie zurück und ich sah meinen Vater, der über ihre Schulter blickte und lächelte.

Nichts lenkte mich ab in der Bibliothek, wenn die Dichter mit Wörtern spielten, als sei Krieg, und so flog die Zeit an mir vorbei und hinterließ Spuren in meinem Herzen und auf meinem Gesicht, das immer blasser wurde, weil ich nie rausging. Eine Haut wie Papier, hatte meine Mutter dazu gesagt. Ich war gerade in die Schule gekommen und hatte die Kunst der Buchstaben, Wörter zu formen, entdeckt. Das Wesen der Dinge kehrte sich nach innen, verkleinerte sich, bis es aus der Welt verschwand und durch die Buchstaben in Wörter hineinfloss. Dort hielt ich es in genau jenem Moment fest, der es ihm erlaubte, sich kurz niederzulassen, und noch versagte, sogleich in eine andere Worthülle weiterzuziehen, rastlos und ungeduldig wie ich selbst. Meine Welt passte von nun an auf ein Blatt Papier und ich hörte auf, sie woanders zu suchen. Geh spielen, Ada, drängte meine Mutter jetzt immer häufiger, und nur widerwillig ließ ich mich von ihr in den Garten schieben oder auf einen Spielplatz stellen, wo sich alles plötzlich nicht mehr bewegte. Auch ich stand still und wusste nicht, was nun.

Die Buchstaben, die mir in meiner Kinderzeit so viel Ärger eingebracht hatten, waren in der Bibliothek an ihrem Platz. Sie hatten ihren eigenen Geruch nach altem, abgegriffenem Papier, nach Druckerschwärze und verbrauchter Luft.

Sie atmeten die Geräusche ihrer Leser ein, das heisere Räuspern, das Kratzen der Bleistifte auf chlorfreiem Papier und das Rascheln der Seiten beim hastigen Umblättern durch trockene Hände.

Hier wurden sie nicht zum Vorwurf gemacht und stellten keine Gefahr dar. Hier durfte man ihren Sinn verstehen und sie benutzen, um kluge Gedanken wie eine gute Marmelade einzumachen. Hier sagte niemand, Mensch, Ada, und hier gab es keine Lehrerin, die sich abends auf das neue Sofa meiner Eltern setzte, um ihnen umständlich zu sagen, dass sie mir das Anpassen nicht beibringen konnte.

Das sagte Frau Hammer an einem Donnerstagabend um fünf Minuten nach halb neun zu meinem Vater, kurz nachdem sie unsere Diele betreten, ihre regennasse Jacke abgelegt und ihren Schirm in eine Ecke gestellt hatte. Mein Vater hatte ihre Jacke zum Trocknen auf einen Bügel gehängt, ich bringe sie in den Heizungskeller, hatte er gesagt und seine Stimme hatte gezittert. Zuvor war noch nie eine Lehrerin in unserem Haus gewesen und mein Vater wusste nicht, was sie wollte. Er hatte es mich gefragt, als er den Telefonhörer noch nicht wieder in die Gabel gehängt hatte.

Das war deine Lehrerin am Telefon, hatte er gesagt, sie will morgen Abend herkommen und mit Mama und mir über dich sprechen. Er stand hinter dem gedeckten Abendbrottisch mit dem Telefonhörer in der Hand, aus dem es tutete, und sah besorgt von mir zu meiner Mutter, zum Schinken und wieder zurück zu mir.

Was war denn in der Schule? Gab es Ärger? Hast du dich schlecht benommen? Meine Mutter legte eine Scheibe

Brennnesselkäse auf ihr Schwarzbrot, biss jedoch nicht hinein. Sie hielt den Atem an und sah zu mir.

Es hat wieder mit den Wörtern und Buchstaben zu tun, nicht wahr, Ada, fragte sie mich. Ja, sagte ich und dachte daran, dass immer alles damit zu tun hatte, vor allem der Ärger. Ich wollte es ihr erklären, aber in diesem Moment durfte ich das Thema nicht anschneiden, über Buchstaben sprach meine Mutter nicht gern und jetzt war sie gereizt. Das sah ich an ihrem Schwarzbrot, das sie noch in der erhobenen Hand hielt und durch das sich ihr Zeigefinger gebohrt hatte vor Aufregung.

Ich weiß nicht, was sie will, antwortete ich, dann zuckte ich mit den Schultern und sagte, vielleicht will sie mir mein Lineal vorbeibringen. Meine Mutter holte tief Luft, sagte aber nichts. Weiß sie, dass das Echtholz ist, sagte mein Vater, er grinste verschmitzt und meine Mutter versetzte ihm unter dem Tisch einen leichten Tritt. Das ist nicht lustig, sagte sie streng.

Sie trägt meist einen grünen Wollrock, sagte ich. Vielleicht half ihnen das weiter. Meine Mutter war immer gut gekleidet und vielleicht wusste Frau Hammer das und wollte eine Stilberatung, das hatte ich im Fernsehen gesehen. Mein Vater stand noch immer mit dem großen Telefonhörer in der Hand vor mir, und sein Gesichtsausdruck wechselte von Lächeln zu nervöser Unruhe.

Meine Eltern hatten ein altes Telefon, eines mit großer Wählscheibe, schwerem Hörer und vielen Falschwahlen. Mein Vater liebte antike Gegenstände, meine Mutter nicht. Das Telefon duldete sie, es war ein Kompromiss, dafür war das alte Sofa ausgezogen und auch das Grammophon.

Jetzt führte meine Mutter Frau Hammer zu dem neuen Sofa und sie setzten sich. Aus dem CD-Spieler lief leise Mozart, meine Mutter sagte, das beruhigt. Ich weiß nicht, wen sie beruhigen wollte, Frau Hammer, meinen Vater oder sich selbst.

Als mein Vater aus dem Heizungskeller kam, fragte er Frau Hammer, wie es ihr denn gehe. Meine Mutter warf hastig ein, dass sie doch deshalb sicher nicht den weiten Weg aus der Stadt hergekommen sei, um ihrem Mann zu sagen, wie es ihr gehe. Sicherlich sei es etwas sehr Wichtiges, und sie bedankte sich schon jetzt für Frau Hammers Mühe, die Fahrt auf sich genommen zu haben, den Abend zu opfern und ihre Freizeit, wenn sie als Lehrerin denn so etwas überhaupt habe, denn bei so vielen Kindern gebe es ja sicher immer etwas zu tun, auch noch zu Hause, gerade dort, und dann der Regen.

Es muss wichtig sein, wiederholte sie und bei diesen Worten sprang sie hektisch auf und blieb etwas verloren mitten im Wohnzimmer stehen.

Biete ihr etwas an, sagte mein Vater. Vielleicht möchte sie nichts, antwortete meine Mutter gereizt. Sie sprachen über Frau Hammer, als wäre sie gar nicht da, und dabei saß sie doch vor ihnen, die Hände gefaltet auf ihrem grünen Lehrerinnenrock.

Möchten Sie Tee, fragte meine Mutter schnell, sie hatte rote Flecken auf dem Hals, sie sahen aus wie eine Landkarte, ich konnte es nicht genau erkennen, vielleicht war es Afrika. Aber Frau Hammer ist doch sicherlich auch nicht zum Teetrinken gekommen, sagte mein Vater. Frau Hammer guckte irritiert.

Tee wäre nett, sagte sie höflich, strich ihren Rock glatt und ließ ihre rechte Hand über den Stoff des neuen Sofas gleiten. Es ist ganz neu, sagte mein Vater und Frau Hammer lächelte. Schön, sagte sie und berührte nun vorsichtig eines der lila Sofakissen.

Die habe ich genäht, rief meine Mutter auf dem Weg in die Küche, ich mache viele Handarbeiten. So etwas können Sie nirgendwo kaufen. Wenn Sie möchten, aber nein, Sie möchten sicher keines, unterbrach sie sich, der Wasserkessel pfiff, sodass sie Frau Hammers Antwort nicht hören konnte.

Frau Hammer saß mit meinem Vater im Wohnzimmer, sie sah sich um, als suche sie etwas. Mein Vater tat es ihr gleich, sie war schließlich Lehrerin und wusste, was sie tat. So ließ auch er zielsicher seinen Blick durch das Wohnzimmer wandern, wobei er nicht wusste, was er eigentlich suchte, und was er sagen sollte, wusste er auch nicht und deshalb sagte er gar nichts.

Schönes Telefon, unterbrach Frau Hammer die Stille und sah zu meinem Vater, dessen Gesicht sich aufhellte. Es stammt aus dem Alten Rathaus, ich habe es durch einen Zufall bekommen. Man kommt nicht mehr ran an solche alten Stücke, wissen Sie, nur sehr schwer, nur über Beziehungen. Das war Glück und jetzt steht es hier. Es funktioniert einwandfrei. Ich habe es selbst repariert und es klingelt noch wie in früheren Zeiten, ereiferte sich mein Vater.

Er setzte an, den Klingelton zu imitieren, da kam meine Mutter mit einem Tablett und schnellen Schritten, um die Situation zu retten. Das alte Ding, sagte sie entschuldigend zu Frau Hammer.

Sie stellte den Tee in die Mitte des Tisches, legte ein Häkeldeckchen vor jeden und verteilte die Tassen. So, sagte sie, er muss noch ziehen. Sie nahm im Sessel gegenüber von Frau Hammer Platz, schlug die Beine übereinander und sah sie erwartungsvoll an.

Nach einer Weile drückte Frau Hammer ihren Rücken durch, sah erst zu meinem Vater, dann zu meiner Mutter und sagte, nun, ich bin hergekommen, um mit Ihnen über Ada zu sprechen. Über Ada und ihre Unfähigkeit, sich anzupassen.

Die Stimmen aus der Vergangenheit wurden übertönt vom Rattern des Zuges, über die Fensterscheibe kroch eine dicke Fliege und dahinter war keine Landschaft, sondern Bos Gesicht, das mich ansah und sagte, komm wieder.

7

Du siehst reifer aus, sagte meine Mutter jetzt immer, wenn ich sie besuchte. Sie deutete die Schatten unter meinen Augen als Zeichen eines regen studentischen Nachtlebens, was sie glücklich machte und mich normaler, und die ersten Fältchen als Linien ernstzunehmender Lebenserfahrung, wie sie sie gerne nannte.

Die Jungs, Ada, die machen uns müde und alt und dann gehen sie los und suchen sich etwas Jüngeres oder ein Phlegma, das sie dann hegen und pflegen. Sieh deinen Vater an, sagte sie lächelnd. Sie sprach von Vaters Phlegma wie von einem Haustier, das, alle viere von sich gestreckt, auf dem Wohnzimmerteppich lag und wohlige Laute von sich gab, wenn man es streichelte.

Aber sie tun uns gut, wir brauchen sie, dann fühlen wir uns lebendig, und sie ist so schön, die Liebe, sagte sie. Sie hoffte, ich würde ihr von meiner Liebe erzählen, von der sie überzeugt war, seit sie von Bo wusste. Ich erzählte nichts, es gab ja auch nichts, außer der überwältigenden Entdeckung dieser Bibliotheken.

Das hätte nur zu Diskussionen geführt und die wollten wir alle nicht an diesen Wochenenden, weshalb ich schwieg und diese Liebe für mich behielt und auch, dass ich sie brauchte, um mich lebendig zu fühlen, und dass ich sie schön fand, diese Liebe.

Lasst uns etwas unternehmen, sagte meine Mutter an einem dieser Wochenenden, nachdem sie schon eine Weile unruhig in ihrem Sessel hin und her gerutscht war. Es gefiel ihr offensichtlich nicht, dass mein Vater sich hinter seiner Zeitung und ich mich hinter einem Buch verkroch. Es schneit, sagte mein Vater, und es ist kalt.

Ja, und, sagte meine Mutter und ich schlug Schlittschuhlaufen vor. Sehr gut, strahlte meine Mutter, der Kanal ist zugefroren. Ich mache eine Thermoskanne mit Tee und dann geht es los. Mein Vater lächelte, als er seine Zeitung zusammenfaltete, und sagte, also dann, gehen wir aufs Eis.

Meine Mutter hatte Probleme mit dem Gleichgewicht und ich hatte gehofft, dass sie nicht Schlittschuhlaufen wollte, sondern dann doch lieber zu Hause blieb und las, aber sie ging stattdessen mit einem Holzstuhl aufs Eis, an dem sie sich festkrallte. Vielleicht hatte sie mich durchschaut und wollte es mir zeigen.

Auf dem Eis wurde ihr Gesicht weiß und hob sich ab von den anderen roten Gesichtern, die sie anstarrten, und sie schwitzte trotz der Kälte. Sie schob den Stuhl vor sich her, der laute, scharrende Geräusche machte, und meine Mutter stach ihre Kufen ins Eis, um ihm zu folgen. Dabei schimpfte sie den anderen Leuten hinterher, die sich nach ihr umdrehten und lachten.

Dieses Landvolk, sagte sie, denn seitdem ich in einer Großstadt wohnte und sie mich dort besuchen konnte, wann immer sie wollte, fühlte sie sich großstädtisch, und das unterschied sie von dem Durchschnitt am Deich.

Die meisten mussten sich heute Morgen erst eine Straße aus ihrer Pampa heraus bauen, damit sie hierher aufs Eis kommen, sagte sie, und dann fällt denen nichts anderes ein, als über mich zu lachen. Sie warf den Kopf zurück und zog ihre Pudelmütze tiefer ins Gesicht. Dichte Wolken verdeckten den Himmel und der Wind fegte eine eisige Kälte über den Kanal.

Sie lachen nicht über dich, Liebes, sagte mein Vater. Pah, entgegnete meine Mutter. Sie lachen über diesen Stuhl hier, er ist alt, sagte er und ließ sich darauf nieder. Ich möchte Tee, sagte er und sie stakste unsicher um den Stuhl herum, holte die Thermoskanne aus dem Rucksack und goss ihm ein. Und dabei ist der doch so praktisch, sagte er und klopfte auf das Holz und lächelte, während er sich zurücklehnte und meine Mutter neben ihm in alle Richtungen auf einmal wankte, hin und her.

Der Wind war eisig und über uns kreisten schwarze Vögel, die schrien, und die Leute auf dem Eis trugen Daunenjacken und Wollmützen und wenn sie sprachen, stand weißer Nebel vor ihrem Gesicht.

Nach zwei Stunden Hufekratzen und Stühleschieben waren wir durchgefroren und fuhren nach Hause. Unterwegs begann es wieder zu schneien und mein Vater musste langsamer fahren, denn dunkel wurde es auch schon. So ein Mistwetter, sagte er.

Wir überholten eine blonde Frau mit langem Haar und meine Mutter sagte, das ist Elisabet, halt an, und ich sagte, nein, fahr weiter, und mein Vater schnaubte genervt. Warum willst du nicht mit ihr sprechen, Ada, fragte meine Mutter und mein Vater fragte, was denn jetzt.

Weiterfahren, sagte ich. Sie ist doch deine Freundin, Ada, und ihr seht euch so selten, sagte meine Mutter, der solche

Kontakte wichtig waren, denn die gehörten dazu, wozu auch immer, und machten mich normaler. Ja, sagte ich, aber jetzt will ich nicht.

Mir war kalt und ich war angenehm müde und mit Elisabet sprechen ging nicht, wenn meine Eltern dabei waren, dann schwieg sie, und dieses Schweigen war anders als das gewohnte, es passte nicht zu dem Tag heute, nicht zu dem Eis und nicht zu der Kälte.

Was denn jetzt, sagte mein Vater gereizt, der mit wenigen Stundenkilometern auf der Straße rollte und den Verkehr behinderte. Das Auto hinter uns blendete auf und mein Vater wurde nervös, die blonde Frau wurde kleiner und unsichtbarer in der Autoscheibe und meine Mutter sagte laut, anhalten. Er bremste und der Fahrer hinter ihm gestikulierte wild.

Weiterfahren, sagte ich und Elisabet verschwand schließlich in dem Schneetreiben hinter der Heckscheibe unseres Autos, auf das der Winter Eisblumen gemalt hatte in einem ironischen Muster.

Mein Vater gab Gas und meine Mutter sagte, das ist ja wieder typisch. Lass sie, sagte er und ich wusste, dass heute Abend keine Blumen auf dem Tisch stehen würden, da halfen auch die Schlittschuhe nichts.

8

Den Rest des Winters verbrachte ich in Bos Stall und in der Bibliothek, und ungefähr zu dieser Zeit fing es an, dass ich beides brauchte, weil mir die Schweine beim Lesen fehlten und die Bücher beim Mistschaufeln. Es half auch nicht, ein Buch mit in den Stall zu nehmen, es roch danach anders und die Frau am Rückgabeschalter sah mich mit hochgezogenen Augenbrauen angewidert an, als ich es zurückbrachte in die Stille der Bibliothek. Es war ein fast geräuschloser Raum, unwillkürlich dachte ich an Elisabet, und dass sie auch eine gute Bibliothek abgegeben hätte, aber die hatte jetzt Leo und Leo passte nicht hierher.

Ich las und notierte alles, das mir wichtig erschien, auf kleinen Zettelchen, die ich in meiner Wohnung an die Wände hängte, damit ich sie jederzeit sah, ohne lange zu suchen. Ich wusste, dass Situationen kommen würden, in denen ich diese Zettel noch brauchen würde, außerdem beruhigten sie mich, wovon auch immer.

Kurz vor Weihnachten kam mein Vater, um mein Zimmer zu streichen. Es sollte eine Überraschung sein, er war mit dem Auto gefahren und sie hatten Mint ausgesucht. Deine Mutter sagt, dass diese Farbe zu deinen Haaren passt, sagte mein Vater. Ich freute mich, als er kam, und er freute sich nicht, als er meine Notizen sah. Ada, sagte er, die müssen abgenommen werden.

Das geht nicht, hatte ich geantwortet, dann finde ich nichts wieder, dann ist mein System dahin, an der Wand hängt mein Studium, das kann man nicht einfach abnehmen, das Mint muss irgendwie drumherum. Mein Vater ließ den Arm mit dem Farbeimer sinken und sagte, so geht es nicht. Macht nichts, sagte ich.

Er versuchte zu lächeln und brachte das Mint wieder in sein Auto, mit dem wir zum Chinesen fuhren und Peking-Ente aßen. Es begann zu schneien und deshalb war es irgendwie ein perfekter Moment. Es ist schön hier zu sitzen, sagte ich. In China essen sie Hunde, sagte mein Vater. Ja, sagte ich und an seinem Gesicht konnte ich sehen, dass er froh war, dass wir Ente bestellt hatten.

Ich denke über Weihnachten nach, sagte mein Vater und blickte aus dem Fenster. Weihnachten war für mich bis zum 23. Dezember immer noch weit weg und so rollte ich die Augen, als hätten wir Mai. Ich möchte deiner Mutter dieses Jahr etwas Besonderes schenken, etwas, das gut vorbereitet und durchdacht sein will, sagte er.

Mein Vater kaufte meiner Mutter immer ein Parfum zu Weihnachten, eines, das er von der freundlichen runden Verkäuferin aussuchen ließ. Du weißt schon, sagte er, die mit dem wippenden Pferdeschwanz und dem exzellenten Geschmack.

Meine Mutter drehte jedes Jahr die kleine Pappschachtel mit der großen Parfümerieschleife in ihren Händen und tat überrascht und sagte, wie schön, Ada, riech mal. Mein Vater sah ihr beim Auspacken zu und mir beim Riechen und lächelte. Ihr Frauen, sagte er.

Dieses Jahr sollte es anders sein und deshalb sagte ich, das ist schön. Ich dachte an meine Mutter und die Abende ohne Blumen auf dem Tisch, dass es mehr wurden in letzter Zeit, und dass mein Vater es anscheinend gemerkt hatte, und ich freute mich, dass er ihr eine Freude machen wollte.

Was schenkst du ihr, fragte ich. Sie klagt über Rückenschmerzen und die viele Arbeit und das Haus, das so groß ist, seit du weg bist. Vor allem der Rücken, Ada, sagte er.

Ich dachte, dass er ihr eine Reise nach Spanien zur Erholung schenken würde, und stellte mir die beiden am Strand vor mit einer Pina Colada, die sie mit Strohhalmen aus einer Kokosnuss tranken. Ich sah sie auf einem Katamaran sitzen und meine Mutter hielt die Beine ins Wasser.

Oder ein Wochenende in einem teuren Wellness-Hotel irgendwo an der nordfriesischen Küste mit guter Luft und mit Massagen und Peeling und Grünkernsuppe zum Frühstück und mein Vater würde die Bedienung fragen, gibt es keinen Speck und keine Eier, und meine Mutter würde sich schämen.

Ich sah Mamas leuchtende Augen in ihrem ungläubigen Gesicht unterm Weihnachtsbaum vor mir, da sagte er, eine Putzfrau, Ada. Ich schenke deiner Mutter eine Putzfrau zu Weihnachten. Davon hat sie lange etwas und dann ist sie am Abend nicht mehr so sehnsüchtig.

Zufrieden lehnte er sich zurück, in der einen Hand hielt er ein auf die Gabel gespießtes Stück Peking-Ente und mit der anderen strich er sich über den Bart. Was meinst du, Ada, soll ich eine Polin einstellen? Die sind sehr sauber und gründlich und die kosten nicht viel. Eine Deutsche kann sich ja kein Mensch leisten heutzutage und zum Saubermachen brauchen ja selbst die Frauen keine Vokabeln.

Mir blieben sie aus, die Vokabeln, nach diesem Gespräch und ich hatte meinen Reis nicht aufgegessen und war froh, dass meine Wände nicht mint waren, als ich nach Hause kam.

9

Wenn wir genug Mist geschaufelt hatten und die Schweine satt waren oder sich im Schlamm wälzten, und wenn Bo die Kühe gemolken hatte und es Abend war, verschwand er in der Küche und es lärmte und krachte und einige Zeit später stand ein dampfender Topf auf dem Tisch oder eine Bratpfanne und ich stellte Teller dazu und wir tranken Wein.

Einmal hatte ich die Teller nebeneinander gestellt und Bo hatte verdutzt geguckt und er saß neben mir und wir aßen kaum etwas. Es schmeckt anders, sagte Bo und ich lachte und die Beklemmung fiel ab von uns. Nächstes Mal wieder in der alten Ordnung, sagte Bo, sonst verhungern wir.

Nach dem Essen setzten wir uns in Bos Wohnzimmer mit den schweren Polstermöbeln und dem großen, schwarzen Schrank und zündeten Kerzen an. Hier gab es keine Bücher und ich stellte welche in ein Regal, auf dem veraltete Ausgaben von *Der Landwirt* lagen, die ich beiseite schob. Bo las meine Bücher und manchmal fragte er etwas oder er sagte, so was Blödes.

Wenn Bo nichts sagte, war das Buch gut, und er stellte es wieder in das Regal, so als gehörte es dorthin. Einmal sagte Bo, darf ich das behalten, und ich lächelte. Du bekommst dafür ein Schwein, sagte Bo.

In Bos Küche lagen auf der Fensterbank die aktuellen Ausgaben der Landwirtschaftszeitungen und Bo las mir daraus vor. Er las und hielt Vorträge über neueste Düngetechniken und Silage und er erzählte von Melkmaschinen, die er sich nicht leisten konnte, und schwärmte von einer Rinderrasse in Argentinien, die viel und gutes Fleisch brachte, Fleischrinder nannte er sie.

Oder er saß neben mir und rechnete mir die Kosten für Futter- und Düngemittel vor und erklärte mir das Problem mit den sinkenden Milchpreisen. Ich erfuhr so manches über die Ernte und die Blühzeiten und die verschiedenen Kotarten junger Kühe und ich fragte mich, ob Bo ernsthaft dachte, dass mich das interessierte.

Ich las Bo Romane vor und charakterisierte Figuren und führte ihn ein in vergangene Zeiten und ihre Philosophien. Ich berichtete ausschweifend über das literarische Leben im alten England, zitierte Jane Austen und versuchte Bo zu erklären, welche Probleme eine freidenkende Frau damals hatte, und Bo verdrehte die Augen. Ich las Bo vor am Abend und er hörte mit geschlossenen Augen zu, und manchmal sagte er, das ist kitschig, aber meistens sagte er nichts und sein Gesicht sah zufrieden aus.

Manchmal hatte Bo allerdings nicht so viel Lust, gedanklich zu verreisen, und als ich ihm in einer solchen Stimmung von Michel Foucault erzählte und die entscheidenden Textstellen dazu las, schlug Bo die Faust auf den Tisch und rief, aufwachen, und vor Schreck fiel Jane Austen unter den Tisch. Ich wunderte mich über seine Reaktion, denn hier ging es schließlich um Bücher und nicht bloß um irgendwelche Melkmaschinen, die an wackelnden Eutern hingen.

Bei Bo war es immer kalt, denn das Haus war alt und zugig, und wenn wir im Wohnzimmer saßen, trugen wir dicke

Wollsocken und legten die Füße auf den Tisch. Einmal berührte Bo meinen Fuß mit seinem, und der war elektrisch geladen und ich schrie auf und Bo zog erschrocken seine Füße zurück. Du knisterst, sagte ich zu Bo und er sagte, ich hole Wein.

Was liest du, fragte Bo an diesem Abend und ich erzählte ihm von den Problemen der schreibenden Frauen des alten England. Bo fragte, warum sie sich nicht einfach an einen Tisch setzten und schrieben, wenn sie es doch unbedingt wollten, sondern stattdessen Gesellschaften organisierten und Paare verkuppelten, die dann unglücklich wurden, und ich sagte, dass es so einfach nicht ging, und Bo sagte, doch, und die Stimmung hing schief wegen dieser Frauen aus England.

Lies weiter, dann kann ich schimpfen, sagte Bo und ich las ihm vor und er schnaubte, weil ihn etwas ärgerte, und er lachte laut und tief, weil er sich amüsierte. Er fieberte mit dem wirtschaftlichen Aufschwung und dem gesellschaftlichen Abstieg und lauschte gebannt, wenn Paare sich stritten oder Kuppler sich nicht einigten.

Er freute sich, als einer schönen Dame das Kleid riss und ein feiner Herr über die eigenen Füße stolperte. Sie hat schöne Beine und diese Lackaffen, sagte Bo lachend und er weinte, als eine Figur, die er mochte, starb. Die hatte ein großes Pech, sagte Bo und zog die Nase hoch.

Für Bo war der Tod ein großes Pech, weil er das Leben liebte. Der Tod gehört nicht zum Leben dazu, hatte Bo gesagt, das ist Unsinn, der Tod ist einfach nur ein großes Pech, denn da hört alles auf und ist zu Ende. Meistens ist man nicht darauf vorbereitet, es kann mitten im Satz passieren, hatte er gesagt, und er hatte mich hart am Arm gegriffen und gesagt, das gehört doch nicht dazu, Ada. Ich zog meinen Arm zurück und sagte, du tust mir weh, und in seinem Gesicht stand Angst und ich dachte für einen Moment, dass er Angst um mich hatte.

Bo ärgerte sich über die Knechte, die es nicht fertigbrachten, ihre Herren zu beraten, wenn sie ihnen Fleisch und Kartoffeln brachten. Sie hatten doch auch damals schon einen Mund mit Wörtern drin, sagte Bo böse und er meinte, dass die ganze deutsche Geschichte eine andere wäre, wenn die Knechte die Berater ihrer Herren gewesen wären und sich nicht hätten herumkommandieren lassen.

Die Herren konnten zwar Latein und rückwärts beten, sagte Bo, aber vom wirklichen Leben verstanden sie nichts, und sein Gesicht war rot, weil er sich noch immer darüber ärgerte.

Was ist das wirkliche Leben, fragte ich Bo und er sagte, das hier, heute Abend. Und ich sah auf die vier wollenen Füße auf dem Tisch, die sich nicht berührten, das Buch auf meinem Schoß und die Weingläser in unseren Händen, und ich hörte in der Ferne die Kühe unter dem mondlosen Himmel und fragte mich, ob Bo recht hatte.

Kurz vor Mitternacht musste Bo noch einmal zu den Kühen, und als im Stall das Licht anging, löschte ich die Kerzen im Wohnzimmer und putzte meine Zähne. Bo hatte Kräuterzahncreme, wovon sich nachts ein Pelz auf die Zähne legte.

Wenn ich bei Bo war, schlief ich schlecht. Mir juckten die Füße, und wenn ich kratzte, wurde es schlimmer. Die tiefe Dunkelheit bei Bo machte mir Angst, und die Angst und das

Jucken trieben mich in der Nacht durch das große Haus und ich rieb mir den Pelz von den Zähnen und klebte ihn in Bos Vorhänge.

Bo schlief ruhig und tief, er bewegte sich nie in der Nacht und er bemerkte nicht, wenn ich mein Sofa verließ und herumlief. Hinter den Fenstern gab es keinen Himmel und keinen Mond. Bei Bo herrschte Totalfinsternis und die Kühe und Schweine schliefen auch, denn ich hörte sie nie.

Manchmal schlich ich mich zu Bo, setzte mich leise auf seine Bettkante und beobachtete seinen gleichmäßigen Schlaf. Ich näherte mich seinem Gesicht und inhalierte seinen Atem, der nach Wurstbrot roch und nach Wein, und sog die spröde Luft seines Schlafes auf.

Bo schwitzte im Schlaf und manchmal leckte ich mit der Zunge vorsichtig seinen Schweiß von der Stirn. Er schmeckte salzig und alt und Bo verschmolz mit der Dunkelheit und ich steckte meine juckenden Füße heimlich unter seine Bettdecke und passte auf, dass sie ihn nicht berührten, weil Bo anders geladen war als ich.

Einmal flüsterte Bo im Schlaf, bleib bei mir, und ich flüsterte, ja, und da hörte das Jucken auf und ich weiß noch, dass ich mich über den Himmel wunderte, den für einen schimmernden Moment seine Dunkelheit verlassen hatte.

10

Während des Prüfungssemesters veränderte sich die Atmosphäre in der Universität spürbar. Obwohl es ein heißer Sommer war und es die Menschen an die umliegenden Badeseen zog, waren die Bibliotheken voll und die Mensa war leer. Es herrschte eine angespannte Stimmung.

Die anderen Studenten fragten einander ständig, ob sie dieses und jenes denn schon gelernt oder zumindest gelesen hätten, und ein Mädchen weinte, als sie erzählte, sie habe das Große und Ganze nicht verstanden. Ich fragte sie, wie sie sich so sicher sein könnte, dass es so etwas gab, und da weinte sie noch mehr und ich hielt mich raus.

Die Professoren hingegen waren entspannt. Sie stellten ihre abgewetzten Ledertaschen auf den Schreibtisch und erzählten von der Durchfallquote vergangener Prüfungsdurchgänge und es war, als huschte ein Anflug von Freude über ihre Gesichter, wenn sich die Augen ihrer Studenten weiteten vor Schreck.

Ich blieb fern der Panik und zum ersten Mal empfand ich es als großes Glück, dass sich um mich keine Freundschaften oder Cliquen gebildet hatten während der letzten Jahre, sondern nur oberflächliche Kontakte, die schnell vorbei waren. Jetzt konnte ich mich aus der ganzen Aufregung heraushalten.

Warum bist du so allein, Ada, hatte mich meine Mutter

während eines ihrer Wochenendbesuche bei mir gefragt, denn ihr war aufgefallen, dass mein Telefon in drei Tagen nur zwei Mal geklingelt hatte. Ein Mal war es mein Vater, der sie vermisste und hoffte, sie würde es merken, wenn er sie fragte, ob sie gut angekommen sei, und der andere Anrufer hatte sich verwählt.

Ich bin nicht allein, hatte ich gesagt, ich kann nur mit ihnen nichts anfangen und sie nicht mit mir. Sie gehören aber dazu, hatte meine Mutter vorsichtig gesagt und ich fragte, wozu, und sie sagte, zum Leben, und das Gespräch war vorbei.

Wir machten eine Fahrradtour durch die Stadtparks und legten uns an einem See ins Gras. Die Sonne strahlte meiner Mutter ins Gesicht und mir fiel auf, wie hübsch und jugendlich sie war, aber ich konnte es ihr nicht sagen.

Wollen wir Enten füttern, sagte ich und sie sagte, Ada, was soll das, und ich verstand, warum zwischendurch keine Blumen auf ihrem Tisch standen, denn auch mein Vater hatte keine Vokabeln für die Elementarteilchen zwischenmenschlicher Beziehungen.

Fehlt dir denn nichts, manchmal, fing meine Mutter am Abend wieder an. Sie nahm meine Hand in ihre und ich spürte, wie meine Hände heiß wurden und feucht, und ich dachte an kaltes Wasser und daran, was ich tun musste, damit sie mich losließ, und ich vergaß ihre Frage und sagte, ich habe Hunger.

Lenk nicht ab, sagte sie und ließ meine Hand los. Ich wischte sie an meinem Pullover ab und fühlte mich schlecht dabei, denn sie hatte es gesehen, und mit ihr hatte es nichts zu tun. Außer mehr Zeit zum Lesen und einem besseren Organisationstalent fehlte mir nichts, und das sagte ich ihr. Lass uns zum Chinesen gehen, sagte sie und ich dachte an meinen Vater und die Polen und sagte, in China essen sie Hunde, und sie lachte und sagte, ich weiß.

Ich hielt mich seit Jahren fern von den studentischen Grüppchen und jetzt, da sie panisch wurden, war ich froh, nicht mitmachen zu müssen bei ihrem Spiel mit der Angst, denn ich hatte keine und beherrschte die Regeln nicht. Die Prüfungen waren weit weg und ich bereitete mich kaum darauf vor, denn ich las lieber Sterbeanzeigen und dachte an Bo.

Meine Worte und Bo hätten den Hass der anderen auf mich gerichtet, ich wäre die Personifizierung ihrer Angst geworden und sie hätten ihre Freude daran gehabt, mich verbal hinzurichten.

Was für ein Glück also, dass ich nicht dazugehörte. Aber wie hätte ich meiner Mutter das erklären sollen, die neben mir am See lag und aussah wie eine von ihnen, und die manchmal kicherte und mich albern in die Seite knuffte.

Sie liebte mich mit jedem Tropfen ihres heißen Blutes, und so sagte ich gar nichts und saß am Montag wieder entspannt in dem Café vor der Uni und hielt eine Zeitung vor mein Gesicht, während um mich herum die akademische Welt zusammenbrach.

11

Als ich mit dem Studium fertig war, wusste ich nicht, was nun, und so begann ich eine Doktorarbeit bei Professor Röslein, einem grauhaarigen Mittfünfziger mit randloser Brille, dicken Gläsern und speckigem Hemdkragen.

Sie sind gut und Ihr Kaffee auch, hatte er gesagt. Er gab mir ein Thema und ein Zimmer neben seinem, stellte einen Computer hinein und einen Schreibtisch und sagte, dann mal los, Ada, und ich fragte ihn, wie, und er sagte, ganz einfach.

Ich teilte mein Zimmer mit einem anderen Doktoranden, der nicht viel sagte und bescheuert aussah, beides war gut, denn so lenkte mich nichts ab von meiner Arbeit. Wolff, sagte er, als ich hineinkam, und ich fragte, wo. Wolff schwieg und verzog das Gesicht.

Danach hatte Wolff nicht mehr gesprochen. Er haute verbissen mit den Fingern in die Tastatur seines Computers und ich fragte mich, ob Wolff manisch war.

Ich brachte Berge von Büchern aus der Bibliothek in Wolffs und mein Zimmer und stapelte sie auf meinem Schreibtisch. Dort standen sie und starrten mich an und mir fiel nichts ein zu meinem Thema. Obwohl ich das machte, was ich immer wollte, fühlte es sich nicht anders an als alles, was ich bisher getan hatte, und es ging nur schleppend voran.

Ich lieh mir auch Bücher aus über die Milchquote und silofreies Rohfutter und las über Schweinezucht und elektrisches Melken. Ich versuchte mir Sorgen um die sinkenden Milchpreise zu machen und ärgerte mich über die überteuerte Biomilch. Ich erkannte Treckermodelle an ihrem Geräusch und las über die Unterschiede von Ackerland und Weideland und beim Ökomist spürte ich mein Herz schlagen.

Geht es voran, sagte Professor Röslein und ich sagte, ja, und wir meinten verschiedene Dinge, aber das wusste er nicht. Geben Sie es Wolff zum Lesen, sagte er und ich sagte, ja, und dachte, niemals. Als die Tür zu war hinter ihm, sah ich Wolff an, der in die Tasten haute, und verschwörerisch sagte ich, Wolff, aber er reagierte nicht.

Mittags ging ich in ein kleines Café in der Nähe der Universität, aß ein Schinkenbrötchen, trank einen Kaffee und las die Todesanzeigen in der Zeitung. Ich dachte an die Würmer und die schwarzen Frauen mit ihren Hüten über den benetzten Augen und an die Männer in den Anzügen, die nur für Beerdigungen und Hochzeiten gekauft wurden, meistens von ihren Frauen.

Einmal stellte ich mich so dicht hinter die Männer, dass mir der Geruch ihrer Anzüge in die Nase stieg. Es roch muffig nach Schrank, vermischt mit dem seifigen Geruch von Rasierwasser und chemischer Reinigung.

Wie immer, fragte die Kellnerin, ich nickte und sie blickte in meine Zeitung. Jemand, den Sie kannten, fragte sie und ich merkte, dass ich weinte, und sagte, ja. Das tut mir leid, sagte sie. Der Kaffee geht aufs Haus. Danke, antwortete ich und dann sah ich Leo.

Ada, rief er und riss seine Arme auseinander. Ich musste aufstehen, um ihn zu begrüßen, und sagte, Leo. Was tust du hier, fragte er. Studieren, sagte ich. Toll, sagte Leo. Was, fragte ich. Du hier, sagte Leo und strahlte mich an.

Ich bin nur auf der Durchreise, erzählte er. Bin Ingenieur, weißt du. War jetzt drei Tage in München und nun hier für zwei Tage und dann ab nach Hause. Leo setzte sich auf den Stuhl mir gegenüber und sah mir fest in die Augen. Hier, die Karte, sagte ich. Er überflog sie. Einen Latte, rief er der Kellnerin hinterher, dann sagte er, Ada, ich freu mich, dich zu sehen.

Was studierst du, fragte Leo. Ich schreibe eine Doktorarbeit über das literarische Leben der englischen Frauen im ausgehenden neunzehnten Jahrhundert, sagte ich. Du warst schon immer komisch, sagte Leo.

Wo ist Elisabet, fragte ich und Leos Blick veränderte sich. Wir machen gerade eine Pause, sagte er, ist besser so. Ich konnte mir nicht vorstellen, wie Menschen voneinander eine Pause machten, wie ein Film, den man anhielt, um aufs Klo zu gehen, aber bei Leo und Elisabet ging das und Leo legte seine Hand auf meine und sagte, wie schön du noch immer bist.

Abends traf ich mich mit Leo in einer Kneipe bei mir um die Ecke, er hatte überraschend gefragt, meine Karteikarten lagen zu Hause und so sagte ich, ja, um acht. Nun saß ich dort und seine Lippen bewegten sich ununterbrochen und meine Ohren quollen über.

Um viertel nach elf griff Leo in mein Gesicht und drückte seine Lippen auf meine. Er schmeckte nach Bier und Erdnüssen und machte ein saugendes Geräusch und ich dachte an Bos Schweine, die auch so klangen, wenn sie sich im Schlamm wälzten.

Bo hatte ihnen kleine Hütten aus Holz gebaut, und bei Regen standen sie im Schlamm, die Schweine mochten das, und wenn sie es nicht mehr mochten, gingen sie hinein und rieben ihre Bäuche aneinander.

Was ist, fragte Leo. Magst du Schweine, fragte ich. Ada, sagte Leo und sein Atem ging schnell. Er schloss die Augen und hielt mir sein Gesicht hin zum Küssen. Ich winkte dem Kellner, einen Wein, sagte ich, Leo öffnete die Augen und guckte verdutzt.

Was willst du, fragte ich und dachte an Elisabet. Er nahm meine Hand und legte sie unter dem Tisch auf sein Bein und ich bewegte sie auf und ab, so wie ich es aus dem Fernsehen kannte und von den wenigen Verabredungen, und studierte sein Gesicht, das entgleiste.

Ada, stöhnte Leo. Ich ließ ihn los und trank meinen Wein in einem Zug leer. Ich muss los, sagte ich und stand auf. Leo sagte, ich komme mit, lass dich doch jetzt nicht allein gehen. Er sah mich mit diesem Blick an, der mir schon in der Schule den Regen als Sonne verkaufen wollte.

Unterwegs umfasste Leo meine Taille und ich steckte beide Hände in meine Jackentaschen. Der Herbstwind wehte uns kalt ins Gesicht, es war dunkel und es lag ein Geruch in der Luft, der schwer war und nass. Ich dachte an Bo und wie er an seinem Wein roch, bevor er ihn trank, und als wir vor meiner Tür standen, sagte ich, mach's gut, und ließ Leo stehen.

Ich ging weiter zum Bahnhof, der Himmel riss auf und das Geräusch der Züge und die grellen Lichter der Eingangshalle schlugen mir entgegen. Drinnen roch es nach Kaffee und nasser Kleidung. Ich beschleunigte meinen Schritt und war froh, dass Leo mir nicht gefolgt war.

12

Obwohl ich bemüht war, die Haustür leise aufzuschließen, hatten sie mich gehört, zerzaust und erschrocken standen sie in der Mitte der Treppe und sahen mich an wie einen Geist. Ich wollte euch nicht wecken, sagte ich und musste lachen über ihren entwurzelten Anblick.

Es ist vier Uhr früh, sagte mein Vater. Ist etwas passiert, fragte meine Mutter und ich sagte, nein. Mit Bo, fragte sie und mein Vater schnaubte, auch nicht, sagte ich und er schnaubte wieder. Ich schickte sie zurück ins Bett und stand etwas verloren im Flur.

Die Einrichtung meiner Eltern war alt und zusammengewürfelt. Zu den Sammlerstücken meines Vaters gesellte sich der neuzeitige Kitsch meiner Mutter, und mittendrin befanden sich Möbel und andere Dinge, an denen gemeinsame Erinnerungen hingen. Hinter einem Regal voller Plastikblumen in Hellblau hing ein wurmstichiges Bild, das einen See zeigte, den es schon lange nicht mehr gab.

Da in der Nähe hat mein Urgroßvater ein Wildschwein erlegt, hatte mein Vater damals gesagt und meine Mutter wollte ihm die Freude nicht nehmen, es aufzuhängen. Jetzt saß ich inmitten dieser Mischung aus Museum und türkischem Großhandel und dachte über Bo nach und fragte mich, ob seine Landwirtschaftszeitungen in irgendeinem Widerspruch standen zu den blauen Plastikblumen.

Leo hat mich besucht, sagte ich beim Frühstück. Wie schön, sagte mein Vater. Er riss die Augen auf und verzog wissend das Gesicht. Nicht so, sagte ich und meine Mutter sagte, das hätte es kompliziert gemacht. Ich fragte sie, was, und sie sagte, das mit Bo, und ich schwieg, denn was war das mit Bo.

Bo ging mit mir über den Hof zu den Schweinen und Kühen. Er erklärte mir die Melktechnik und das Heubinden, und ich bemühte mich, interessiert zu gucken. Bo sagte, es langweilt dich, und ich sagte, nicht doch, und er legte seinen Arm um mich und das Gras wurde grüner und nun wollte ich doch wissen, wie Bo es mähte.

Euterpflege ist wichtig, sagte Bo und seine Hand zeigte auf eine Kuh auf der Weide, die er Annalena genannt hatte. Annalena kalbt gut, sagte Bo, und wenn sie die Mastitis kriegt, ist es aus. Was ist das, fragte ich und starrte Annalena an. Euterseuche, sagte Bo und starrte nun ebenfalls Annalena an. Ja, sagte ich und hoffte, dass die Kuh diese komische Seuche nicht bekam, und ich fragte Bo, ob er als Kind die Windpocken gehabt hatte.

Einmal sagte ich zu Bo, dass ich Luftveränderung brauchte, und wir fuhren in das Zentrum unseres Dorfes. Bos Auto war riesig, denn er transportierte damit auch seine Kühe, wenn sie zum Besamen mussten. Neuerdings kam der Besamungstechniker jedoch ins Haus und Bo freute sich darüber, denn dann sparte er sich das Kühe-in-den-Wagen-Schieben und den weiten Weg. Wir setzten uns in ein kleines Café mit grünen Sofas und lackierten Tischen und bestellten Tee und Mandelkuchen.

Der Besamungstechniker ist eine Frau, sagte Bo und gerade als ich Sahne auf meinen Mandelkuchen klatschte, begann er, mir die Technik des Besamens von Kühen zu erklären. Ich fragte Bo, wo dabei die Liebe blieb, und Bo guckte verwundert und sagte, dass Kühe keine Kinobesuche und keinen Mandelkuchen brauchten vorher.

Bei dem Wort Mandelkuchen steckte mir die Sahne im Hals fest, und während ich hustete und Bo mir kräftig auf den Rücken haute, überlegte ich, ob ich diese Nacht lieber zu Hause schlafen sollte, auch wegen der juckenden Füße.

Ich erzählte Bo von Miss Dalloway und Bo sagte, dass jeder Mann so eine wuchtige Frau gut brauchen könne. Ich sagte, sie war aber nicht glücklich, und Bo verstand nicht, warum. Sie hatte doch einen Vorgarten und eine belebte Küche, sagte Bo und grinste und ich sagte, mach dich nur lustig, du Bauerntölpel.

Bo redete viel im Café und ich lauschte seiner Stimme, ohne so richtig zu hören, was er sagte. Plötzlich veränderte sie sich jedoch und Bo rief, verdammt, ich muss los, wir haben die Zeit vergessen. Er sprang auf und warf Geld auf den Tisch.

Was ist los, sagte ich, die Kühe, rief Bo und wir fuhren mit überhöhter Geschwindigkeit zurück zu Bos Hof. Auf der Rückfahrt redete Bo von entzündeten Eutern und der vielen guten Mich und ich versuchte, die Kuhfladen aus meinen Gedanken zu verdrängen. Als wir in die Einfahrt des Hofes rollten, hörten wir schon das wütende Geschrei aus dem Kuhstall.

Bei den Kühen herrschte Tumult, selbst die Kälber befanden sich im Ausnahmezustand, sie rannten durcheinander und sich gegenseitig um und ihre Augen rollten. Die Kühe schaukelten hin und her, so als wären sie betrunken, und ihr Geschrei war ohrenbetäubend.

Ihre schweren Euter schwankten bei jedem Schritt und aus einer Kuh kam Milch, ohne dass Bo an ihr ziehen musste. Praktisch, dachte ich, so ein Mist, rief Bo. Annalena hatte sich ächzend in einen Kuhfladen gelegt, nun hatte sie einen dunklen Fleck mehr im Fell, und sie wand sich und Bo sagte, wir müssen melken.

Melken hatte ich verstanden, aber hatte Bo wirklich *wir* gesagt? Ich stand zwischen Bo und den Kühen und meine Hände gruben sich verlegen in die Heuraufe. Ich koche Tee, sagte ich und Bo rief etwas hinter mir her, das wie setzen und rauf- und runterziehen klang, aber ich beschleunigte meinen Schritt und stellte mich taub. Die fasse ich nicht an, dachte ich und sah aus den Augenwinkeln, wie Bo unter einer Kuh verschwand.

Wir müssen die Kühe nächstes Mal mitnehmen, sagte Bo, als er aus dem Stall kam und nach Milch und Mist roch, und er meinte den Mandelkuchen und den Ausflug in das Zentrum des Dorfes. Ich grinste und sah in sein rotes Gesicht, aber ich traute mich nicht zu lachen, denn Bo guckte ernst. Die Kühe mussten gemolken werden und ich habe ihre Milch in einen nicht vorsterilisierten Auffangbehälter gekippt, weil es schnell gehen musste, sagte Bo und kratzte sich am Kopf. Ich hatte ja auch keine Hilfe, sagte er und sah mich an.

Ich wusste, dass er mir vorwarf, dass ich nicht mit ihm zusammen an den haarigen Eutern gezogen hatte und dass ich auch nicht an das Sterilisieren der Eimer gedacht hatte, aber das stand ihm nicht zu und ich war nicht sein Stallhelfer.

Ich wollte etwas sagen, etwas Landwirtschaftliches, und deshalb sagte ich, sonst entzünden sich die Euter. Ich machte ein fachmännisches Gesicht und drückte Bo eine Tasse Kräutertee in die Hand. Weißt du, was das bedeutet, wenn der Auffangbehälter nicht steril ist, sagte Bo, sie ist hin, die Milch. Und die Euter, fragte ich. Kann man einzeln nicht verkaufen, sagte Bo wütend und er heftete seinen Blick noch immer auf mich.

Es ist nicht meine Schuld, wenn deine Scheißkühe auslaufen, sagte ich trotzig und Bo starrte mich an. Nein, hier ist gar nichts deine Schuld. Du beteiligst dich so wenig an meinem Leben, dass du nicht einmal mitkriegst, wenn es ausläuft. Bo bekam einen roten Kopf und er wirkte noch größer als sonst.

Aber wenigstens komme ich dich besuchen, sagte ich, du weißt doch noch nicht einmal, wie mein Leben aussieht, wie es gestrichen ist, auf welchem Teppich es geht und in welchem Takt. Meine Stimme schwankte vor Wut, denn ich hatte mich noch nie so missverstanden gefühlt wie in diesem Moment.

Ich kam schließlich jedes Wochenende hierher in diesen Schweinemief und guckte auf Felder und in Kuhscheiße und Bo hatte mich noch kein einziges Mal besucht in der Stadt mit ihren tausend Möglichkeiten und dem tollen Ausblick.

Du nimmst nicht teil, sagte Bo, selbst wenn du da bist, sind deine Wochenenden nur Ferien auf dem Bauernhof bei einem gut aussehenden Bauerntölpel. Bos Stimme war wieder ruhig geworden und jetzt sah er traurig aus. Ich schwieg, denn vielleicht hatte Bo recht, aber das konnte ich ja nun schlecht zugeben. Bo wartete eine Antwort nicht ab und ging hinaus. Er hatte beide Hände tief in die Taschen seines alten Stalloveralls gesteckt, seine Locken kräuselten sich feucht im Nacken. Er lief draußen am Küchenfenster vorbei und war auf dem Weg in den Stall. Es war bereits dunkel geworden und ich fragte mich, ob ich Bo in dieser Nacht noch zu sehen bekommen würde.

Du hornochsiger Schweinehirte, rief ich Bo hinterher und durch die Scheibe sah ich, wie Bo die Schultern hob und wieder senkte. Es wurde still in der Küche, Bo hatte noch viel zu tun und ließ mich mit dem Kräutertee und meiner ganzen Kultur in den braunen Fliesen zurück. Es war unser erster Streit und ich hätte merken müssen, dass er das Ende einläutete.

Ich lehnte an Bos Spüle aus der Jahrhundertwende und starrte in meinen postmodernen Tee. Ich versuchte mir vorzustellen, wie ich mit einem braunen Kopftuch und einer blutverschmierten Schürze aus dem Stall komme und glücklich zu Bo sage, es sind sechs neue Ferkel, und Bo hebt mich in die Luft und wirbelt mich herum und sagt, wir gehen gleich zu den Nachbarn und feiern es, und er denkt dabei an den netten Postboten von nebenan, der zu Weihnachten von allen Schnaps bekommt und bei dem es deshalb immer so lustig ist.

Aber erst die Arbeit, hörte ich mich sagen, und ich grinse rotbäckig und mein Gesicht ist kräftig und rund und ich sehe ein wenig aus wie Tante Rosi. Bo sagt, ich repariere den Weidezaun, und ich sage, gut und vergiss nicht das Sterilisieren der Eimer, und Bo küsst mich und sagt, was für eine kluge Frau ich doch habe.

Am Nachmittag kommt die Nachbarin und wir essen selbstgebackenen Kuchen und sie hält mir einen Frischling unter die Nase, der ihr Kind ist, und fragt, wann kommt deins. Vor Schreck ließ ich die Teetasse fallen auf die gelbbraunen Fliesen in Bos Küche.

Bo kam erst in den Morgenstunden aus dem Stall. Ich hatte in der Küche auf ihn gewartet und ein schlechtes Gewissen gehabt, das mit jeder Stunde, die Bo im Stall blieb, wuchs. Als es hell wurde, war ich so weit, dass ich mich entschuldigen wollte.

Ich verstand das Ausmaß der Katastrophe erst, als Bo sagte, dass er die ganze Nacht gebraucht hatte, um die Milch zu entsorgen, und dass er nicht liefern könne am nächsten Morgen, und dass er jemanden für den Hof brauchte und keinen Mandelkuchen im Café und keinen Kräutertee, wenn der Stall brennt.

Du hast deine Frauen aus England und ich habe versaute Milch, sagte Bo und stampfte aus der Küche, um zu duschen.

13

Elisabet schob ihren Teller zurück und sagte, das Essen schmeckt furchtbar, und ich sagte, ja, was hast du denn erwartet, und sie lachte und stand auf und machte sich an meinem Kühlschrank zu schaffen. Da ist nichts drin, Ada, sagte sie erstaunt und ich sagte, nein, wozu auch, und Elisabet lachte noch mehr und sagte, Ada, wann wirst du endlich erwachsen.

Sie schnappte sich meinen Rucksack und ging einkaufen und wenig später dampfte es über dem kleinen Herd, den ich noch nie benutzt hatte.

Wie hast du es geschafft, nicht zu verhungern in den letzten Jahren, fragte sie. Weiß nicht, sagte ich und dachte an die Tiefkühlpizzen und Fertiggerichte und an das Café neben der Universität; die hatten mir vermutlich das Leben gerettet.

Elisabet hatte einen Turban aus Handtüchern auf dem Kopf und trug meinen weißen Bademantel. Sie war sehr schlank und groß, sie hatte eine Gurkenmaske im Gesicht und sah aus wie eine aus dem Denver-Clan. Ich muss mich unbedingt etwas anrüschen, hatte sie gesagt, als sie vom Einkaufen zurückkam, und war in meinem Badezimmer verschwunden.

Warum tust du das, fragte ich sie und sie sagte, für Leo, ist doch klar, die Männer wollen doch, dass wir schön sind für sie, und Elisabet sah mich verwundert an, denn sie wusste von Bo.

Ich überlegte, ob Bo es wichtig fand, dass ich mit Gurken im Gesicht durch die Wohnung lief und den Fußboden volltropfte mit Quarkhaarkur, und musste lachen, als ich mir Bos erschrockenes Gesicht vorstellte.

Wir sind schon so lange zusammen, sagte Elisabet, da muss man einfach mehr tun und Leo ist viel unterwegs und sieht viele andere Frauen, die Konkurrenz schläft nicht, weißt du.

Und wie ich es wusste, aber ich sagte ihr nichts. Wie hätte ich ihr auch sagen sollen, dass mir Leo mit nassen Händen ins Gesicht gegriffen und ich dabei an Bos Schweine gedacht hatte, und dass Leo nicht vorhatte, in einem Hotelzimmer zu übernachten, egal, wo er war, und dass ich Glück hatte, dass die Züge in der Nähe waren und dass Leo mir nicht gefolgt war.

Leo ist wählerisch, sagte sie und sie sprach schnell und hektisch. Leo war in Düsseldorf an diesem Wochenende wegen irgendwelcher Schaufelbagger und Elisabet hatte die Zeit genutzt, um mich zu besuchen. Nun saß sie in meiner Küche und sah aus wie ein Gespenst.

Sie deckte den Tisch, stellte Kerzen zwischen unsere Teller und schaufelte das Essen aus den Töpfen in Tonschalen. Das sieht doch hübscher aus, sagte sie. Ich dachte an den Abwasch und sagte, ja, weil ich sie nicht enttäuschen wollte. Sie schenkte uns Wein ein, wir stießen an und Elisabet sagte, auf die Liebe, und ich fragte sie, was Liebe ist.

Aber Ada, sagte Elisabet, du hast doch Bo, da hast du doch deine Liebe. Sie trank ihren Wein und verteilte das Essen und ich dachte an meine Mutter und dass Elisabet ihr in diesem Moment ähnelte. Ich lächelte und sagte, es fehlen die Blumen.

Erzähl mir von ihm, sagte Elisabet und ich erzählte von Siegfried und den Eutern und der Küche, die nach Schwein und Kaffee roch, und ich sagte, dass meine Füße juckten in der Nacht und ich Angst hatte vor Bos Dunkelheit.

Ich erzählte ihr vom Mist und vom Stockbrot und von den Beerdigungen mit den verschwendeten Regenwürmern, und dass Bo die Geschichte umschrieb wegen der Knechte und kein Verständnis hatte für die Frauen aus England. Er spart für eine Melkmaschine, sagte ich und Elisabet hob den Kopf und lachte.

Elisabet sagte ansonsten kein Wort, während ich ihr von Bo erzählte, aber als ich ihr sagte, dass Bo anders geladen war als ich und unsere Füße sich deshalb nicht berührten, prustete sie los und es regnete Rotwein über den Tisch. Niemand ist so geladen wie du, rief sie und konnte vor Lachen kaum sprechen. Ada, es ist doch nicht normal, elektrische Stöße zu bekommen bei Berührung und Mist zu schaufeln, wenn es romantisch wird.

Wann wird es bei dir romantisch, fragte ich sie und sie lachte nicht mehr und ihre Augen zogen sich zusammen und sie sagte, ich bin schwanger, Ada, und für einen Moment vergaß ich die Gurken in ihrem Gesicht.

14

Hast du Freunde, sagte Bo und ich sagte, Elisabet und Leo. Sie sollen kommen, sagte Bo, und ich lud sie ein. Nach unserem Streit versuchten wir, es wieder hinzubekommen, was auch immer, und wir mieden alles, was uns festlegen würde für mehr als einen Tag, denn für die Wochenenden ging es so, jedenfalls erst mal, und die Zukunft kam später.

Insgeheim wussten wir, dass ich nie eine Bäuerin und Bo nie kein Bauer sein würde, aber wir fühlten einander und machten ansonsten die Augen zu. Vielleicht übersahen wir deshalb die dröhnende Lawine, die uns mit einem Schlag mitten im blühendsten Sommer überrollen sollte, und vielleicht setzte sie sich schon in Gang, als wir Tante Rosi unter die Erde brachten.

Ich habe keine Gummistiefel, sagte Leo am Telefon und Elisabet lachte im Hintergrund auf, sagte dann aber streng, Leo, und ich sagte, dann bis um acht, und dachte an Leo und Bo und fragte mich, was wir reden sollten.

Solche Abende waren üblich, ich kannte das von meinen Eltern. Meine Mutter kochte aufwendig, mein Vater holte mit einem Bastkorb Bier und Wein aus dem Keller und meine Mutter maßregelte ihn, wenn es nicht schnell genug ging. Wir verdursten, rief sie laut in die Runde und mein Vater verlangsamte trotzig seinen Schritt, während die Gäste irritiert in ihre vollen Gläser guckten.

Ich konnte mich an ihre Gespräche nicht erinnern, nur daran, dass meine Mutter immer sagte, los, du musst etwas sagen, und mein Vater wusste nicht, was, und sie sagte, ein kurzes Hallo, die Erlaubnis, das Glas zu heben.

Mein Vater verzog dann das Gesicht, erhob sich umständlich und nahm sein Glas in die Hand und sagte, schön, dass ihr da seid, ihr habt ja gehört, was sie sagt, trinkt nur zu, und er hob sein Glas an die Lippen und alle anderen auch. Dann ging das Lachen los und um elf wurde die Musik laut aufgedreht.

So etwas wollte ich nie, und ich hatte nie mehr als eine Person zu mir eingeladen. Ich war auch nie mit mehr als einer Person befreundet gewesen. Auch Leo und Elisabet waren gewissermaßen eine Person geworden, weil sie ständig zusammen waren, und ich wusste nicht, ob Bo und ich auch zu einer Person geworden waren. Er wollte, dass sie kommen. Ich wusste nicht, warum.

Was soll das, Bo, sagte ich und Bo ließ den Weinöffner sinken. Ich dachte, du freust dich, sagte er, es sind deine Freunde und sie kennen mich nicht. Sie kennen mich auch nicht, sagte ich und Bo lächelte und sagte, Ada, deine Ansprüche sind zu hoch. Ich fragte ihn, welche, und Bo sagte, alle, auch die an dein Leben, und ich fragte mich, ob Bo das ernst gemeint hatte, denn die können doch nun wirklich nicht hoch genug sein.

Die Haustürklingel schellte und Bo strich sich eine Locke aus dem Gesicht. Er sah mich an und sagte, ich mache das alles für dich, Ada, mir genügt ein Abend mit Siegfried. Er legte den Weinöffner nicht aus der Hand, als er zur Tür ging.

Ich wollte mich nicht mit Bo streiten an diesem Abend, eigentlich gar nicht mehr, aber an Gesprächen wie diesen merkte ich, dass das nicht ging, der Streit nicht und vielleicht auch das mit Bo nicht, aber ich sagte nichts dazu, denn Leo kam herein mit seinem breiten Grinsen, er hatte sich Gummistiefel angezogen und seine blassen Augen musterten die alten Möbel von Bo.

Er hat ja Bücher, sagte Leo und ging zu dem Regal, in dem meine Bücher standen. Liest Bo nur Frauenbücher, sagte Leo und Bo kam herein und sagte, nein, ich kann gar nicht lesen, als Landwirt brauchst du das nicht, die gehören Ada und sie liest mir daraus vor. Leo stellte das Buch zurück ins Regal und ich dachte, wie peinlich, dass Leo so etwas für Frauenliteratur hält.

Bo hatte Fasan gekocht und Kartoffeln und Kohl und es gab Pilze in Käsesauce und zum Nachtisch Kakaocreme. Ich hatte nur den Tisch gedeckt, dann geht nichts schief, hatte Bo gesagt. Leo lehnte sich zufrieden zurück und sagte, das war gut, ist noch Wein da, und Bo schenkte ihm nach.

Leo fragte, welcher Jahrgang, und Bo zuckte die Achseln. Hauptsache, er schmeckt, sagte er und ich dachte daran, wie er die Trauben roch mit geweiteten Nasenflügeln. Leo sagte, nein, auch der Jahrgang ist wichtig, wenn man den kennt, weiß man, ob er schmeckt, und Bo wurde wütend und fragte, hast du keine Zunge, und Leo sagte, doch, frag Ada.

Elisabet sah mich an und ich sagte, ich hole den Nachtisch. Sie folgte mir in die Küche. Sie sagte nichts, sie stand hinter mir und lehnte sich an Bos Arbeitsfläche, ich stellte die Schüsseln auf den Küchentisch und schaufelte Kakaocreme hinein. Es ist nichts, sagte ich. Ich weiß, sagte Elisabet.

Er weiß nichts von dem Baby, sagte sie und ich wusste, warum. Leo liebte sich und seine Selbstgerechtigkeit und er hatte das Licht gelöscht, das aus Elisabet herausgestrahlt hatte. Die Gurken und der Quark waren nicht für Leo gewesen, und jetzt stand sie da und sagte zu mir, du hast Glück, Ada.

Sie ging wieder ins Esszimmer zurück und um den Tisch herum, strich Bo über den Kopf und er sagte, alles in Ordnung mit dir, und sie lächelte leicht und sagte, nein. Leo wollte etwas sagen, da nahm Bo ihre Hand und sagte, lass uns tanzen.

Er legte Musik auf und tanzte mit Elisabet im Wohnzimmer, ich lehnte im Türrahmen und sah ihnen zu und Bo lächelte und hielt Elisabet fest, und wir beide wussten, dass ihre Beine nachgegeben hätten, wenn er es nicht getan hätte.

Willst du auch, sagte Leo und ich sagte, nein, und setzte mich ihm gegenüber. Er lächelte breit und sagte, warum, Ada, und ich sagte, weil er den Wein an den Trauben erkennt. Leo lachte laut auf und sah mit einem arroganten Blick auf das Etikett. Woher hat er den, fragte er leise und ich sah auf die Flasche, der Wein war zwanzig Jahre alt. Den keltern die Schweine, sagte ich und Leo guckte beleidigt.

Nach diesem Abend wusste ich, warum bei den Gesellschaften meiner Eltern um elf die Musik lauter gedreht wurde, und ich fragte mich, ob es ebenfalls eine Bedeutung hatte, dass um Mitternacht alle tanzten.

15

Bos Augen blitzten, wenn er mir die Landwirtschaft erklärte und die Geräte zeigte. Ich streichelte die Kälbchen und Bo fütterte sie. Sein liebstes Thema war die Schweinezucht. Er hatte den Ferkeln Schwimmwesten gekauft, damit sie baden konnten, und dann kamen sie wieder unter das Rotlicht.

Als Bo die kleinen roten Schwimmwesten an lackierte Haken hängte, hatten seine Augen diesen Ausdruck und ich wusste, dass meine ihn nicht hatten, und ich fragte mich, ob Bo es gemerkt hatte.

Nachdem sich Annalena wegen mir in einen Kuhfladen gelegt hatte, versuchte ich manchmal, Bo auf dem Hof zu helfen, doch es klappte nicht, es war wie damals im Sportunterricht, ich war langsam und ungeschickt und das Heu fiel auseinander, der Futtersack platzte und einmal floh ein Schwein.

Im Hühnerstall fand ich die Eier erst, wenn sie unter meinen Schuhsohlen knirschten, und in Bos Gemüsebeet erntete ich das Unkraut und die Kartoffeln wurden faul. Beim Mais schnitt ich mir die Hand auf, und ich rannte vor den Kühen auf der Weide davon, denn ihre gewaltige Größe machte mir Angst, und das trotz ihrer dämlichen Augen.

Komm melken, sagte Bo und ich sagte, nein, das fasse ich nicht an, Bos Mundwinkel zogen sich nach unten und er ging in den Stall, ich folgte ihm. Ich stand im Matsch mit meinen Turnschuhen und sie sogen sich voll und als ich zurückging, machten meine Schritte ein schmatzendes Geräusch. Meine Sneakers sind hin, sagte ich und Bo sagte, was sind Sneakers.

Eine Woche später standen kleine Gummistiefel neben Bos großen und er sagte, melken musst du trotzdem nicht. Es zuckte durch meinen Bauch, denn bei Bo Stiefel haben war, als würde zu Hause eine zweite Zahnbürste im Becher stehen.

Ich fragte mich, wie es wäre, wenn Bo mich besuchte, wie Bo aussehen würde in einer Straßenbahn oder in einem Café oder Bo im Theater und es passte nicht zu Bo, aber er hatte mir Gummistiefel gekauft und neben seine gestellt, und ich passte hinein. Ich würde ihm die Oper schenken.

Komm zu mir, sagte ich zu Bo und er sagte, das geht nicht wegen der Kühe. Ich sagte, nimm einen Helfer, Bo war nicht arm, und er sagte, er wollte darüber nachdenken.

Bringt er seine Schweine mit, fragte mein Vater und meine Mutter musste lachen, obwohl sie es nicht wollte, und ich sagte, wir gehen in die Oper. Mit Siegfried, fragte mein Vater und ich sagte nichts mehr. Welche Oper, fragte meine Mutter und mein Vater sagte, der Musikantenstadl, und sie sagte, jetzt ist es genug, und ich sagte ihm nicht, welche Oper es war.

Er ist eifersüchtig, sagte meine Mutter später und wir beide wussten, dass es nur ein bisschen stimmte, denn eigentlich ging es ihm tatsächlich um die Schweine und darum, dass Bo nicht gut genug war, zu einfach, zu ländlich und zu ungebildet.

Jemand wie Leo, sagte mein Vater und ich dachte an Leo und an Elisabet und daran, wie Leo die Hotelzimmer mied und dass sich Elisabet Gurken ins Gesicht legte. Ich sah meinen Vater an und er sagte, stimmt doch. Er hoffte auf die Unterstützung meiner Mutter, aber die sagte, wo die Liebe hinfällt, und mein Vater sagte, ihr mit eurer Liebe. Meine Mutter senkte den Blick und sagte, reich mir die Butter, Ada.

16

Jemand wie du, hatte mein Vater nach meinem Streit mit Bo gesagt. Er hatte eine Flasche Wein getrunken auf den Schreck, dass Bo und ich uns so wichtig waren, dass wir uns stritten, dann war er aufgestanden, hatte sich vor mir aufgebaut und ich sah sein rotes Gesicht. Er sagte, jemand wie du und dann ein dahergelaufener Landwirt mit einer Tuntensau, wie soll das gehen.

Mein Vater benutzte nie solche Ausdrücke und ich musste lachen, wie er da stand und schwankte und Tuntensau sagte. Seine Augen waren glasig und wütend und ich sagte, wie ist jemand wie ich, und er ließ sich wieder in seinen Sessel plumpsen und sagte, das ist nicht das Thema, Ada.

Doch, das ist das Thema, sagte ich und er sagte, finde es heraus und vergeude keine Zeit bei den Schweinen. Ich hatte gehofft, er würde es mir sagen, aber es war offensichtlich nicht das Thema und die Frage stand offen im Raum.

Ich fragte mich, ob mein Vater recht hatte, und ich dachte daran, dass meine Füße juckten bei Bo und dass die Tiefe seiner Nacht mir Angst machte und ich nicht schlafen konnte bei ihm, und ich dachte an unseren Streit, und dass ich es nicht lange aushielt zwischen den Kühen und Schweinen.

Schon unsere kleine Landflucht hatte katastrophal geendet, weil den Kühen die Euter bis auf den Boden hingen wie

Mahnmale. Er kennt mein Leben nicht, dachte ich und ich fragte mich, ob sich das je ändern würde.

Für Bo war ein Ausflug in ein Café eine logistische Höchstleistung, für mich war das Café mit seinen ländlichen Gesichtern darin ebenso unwirklich wie das Leben von Bo und zu weit entfernt von dem, was ich brauchte.

Doch was brauchte ich eigentlich, waren das wirklich gestrichene Wände und sauerstoffarme Räume? Waren das Menschen wie Wolff und Professor Röslein? Meine Bücher und die Frauen aus England? Waren meine Zettel an den Wänden normal und das, was ich brauchte?

Weil mir bei ihnen die Füße nicht juckten, beschloss ich, dass sie es waren, ich reckte meinem Vater das Kinn entgegen und sagte, du irrst dich, obwohl er recht hatte, und setzte mich wenig später wieder in den Zug, der mich in mein silagefreies Leben zurückbrachte.

Als wir in den Süden einfuhren und der Dialekt um mich herum unerträglich wurde, fiel mir meine Mutter ein, die sagte, du bist so einsam, Ada, das ist nicht normal, jeder braucht jemanden und jeder Mensch nimmt sich erst durch die Liebe eines anderen Menschen wahr. Sie benutzte das Wort Liebe zu häufig, es wirkte abgedroschen und leer, aber vielleicht war etwas dran. Vielleicht strebten die Menschen stets nach einem Gegenüber, vielleicht stimmte die Werbung, die uns unser Leben genau so verkaufen wollte; nicht umsonst wurden mehr als drei Mal so viele Doppelbetten und Zweiersofas produziert wie Sessel und Singlematratzen. Kleine Küchen waren teurer als große, kleine Spülmaschinen auch, selbst bei der Wurst schlug sich das nieder.

Singlewaschmaschinen waren unerschwinglich und kaufte man sich ein solches Gerät, guckte die Kassiererin mitleidig.

Man fiel heraus aus der Kleingartenkultur, wenn man kein Gegenüber hatte am Frühstückstisch, aber war man deshalb wirklich allein? War meine Mutter weniger einsam, weil sie meinem Vater den Tisch deckte und die Wäsche wusch, und war mein Vater am Ende seines Glücks angekommen, wenn er die Blumen auf dem Tisch beiseite schob, um sie ansehen zu können?

Ich hatte nie jemanden gebraucht und ich hatte nie zuvor über Singlewaschmaschinen nachgedacht. Vielleicht brauchten Menschen einander, und vielleicht war es auch nicht die Liebe, sondern der Egoismus der Gene, die sich unbedingt fortpflanzen wollten, ganz einfach im Auftrag der Natur.

Was auch immer es war, ich saß im Zug und während ich mich wegen der Schweine von Bo verabschieden wollte, kamen mir zum ersten Mal Gedanken über die Liebe.

17

Das mit Bo war kompliziert und es brachte mich durcheinander und ich verlor mich in Gedanken über Pizza in Einzelverpackung und Familienpizza und an jeder Straßenecke stand Bo, was es nicht einfacher machte. Ich kam nicht voran und brauchte meinen Kopf für andere Dinge. Vorher war alles besser, dachte ich und so beschloss ich, zurück nach Vorher zu gehen.

Ich rief Bo an und wusste nicht, was ich sagen sollte. Du, sagte Bo und ich hörte ihn lächeln. Musst du in den Stall, sagte ich und er sagte, nein, warum, und er fragte, ist irgendwas. Ich schwieg. Bo sagte, es ist komisch mit uns, Ada, und ich schwieg noch immer und er sagte, du bist komisch, Ada, und da fragte ich ihn, warum, und dann schwieg Bo.

Ich sagte, die Arbeit geht voran, und Bo schwieg noch immer und dann sagte er in das Schweigen, für mich hat noch nie jemand so einen kohlrabenschwarzen, wundervollen Amerikaner auf den Küchentisch gelegt.

Bauern waren es gewohnt, von ihren Frauen bedient zu werden. Dazu gehörte auch das Kochen und ich hatte gedacht, vielleicht freut sich Bo, wenn ich koche, obwohl ich das gar nicht konnte, denn so wichtig war das nicht.

Ich hatte eingekauft und alle Sachen auf Bos Küchentisch getürmt. Er hatte gefragt, bist du krank, Ada, und ich sagte, geh hinaus, du hornochsiger Schweinehirte, und komm erst in einer Stunde wieder, und er rief mir durch das offene Fenster zu, zünde nicht die Küche an.

Ich hatte die Küche nicht angezündet. Ich hatte Amerikaner gebacken mit Zitronenglasur, die sahen anders aus als im Backbuch, aber ich dachte, dass der Magen ja keine Augen hat und Bo sich freuen würde.

Als ich das Backblech in den Ofen schob, lagen neun kleine Teighaufen ordentlich nebeneinander, als ich es aus dem Ofen herausholte, war es nur noch einer. Die Teighaufen hatten sich zu einem einzigen überdimensionalen Teigkloß vereint, und während ich das Ungeheuer näher betrachtete, ging auf dem Herd der Zitronensirup in Flammen auf.

Ich sah, dass der Guss schwarz war, als der Qualm weniger wurde, und so kippte ich Milch in den Topf, um das Schwarz aufzuhellen. Aber es bildete sich nur ein unschöner rosafarbener Schleim auf dem Schwarz und so strich ich schleimigen schwarzen Zitronenguss auf den gigantischen Amerikaner und legte ihn mitten auf den Tisch, stellte eine weiße Kerze daneben, was einen schönen Kontrast gab. Dann kochte ich Kaffee und setzte mich neben den Amerikaner, der seltsam roch und seltsam aussah, und ich war gespannt auf Bos überraschtes Gesicht.

Bo kam nach einer Stunde aus dem Stall, zog im Flur seinen schmutzigen Overall aus, schlüpfte in seine Jeans und zog sich ein sauberes Hemd über den Kopf. Er fuhr sich mit den Fingern durch die wirren Haare und rief aus der Diele, bin ich so schön genug für deine Kochkunst, und ich sagte, wenn es ein Smoking ist, Bo steckte seinen Kopf durch die Küchentür und sagte, hier brennt was.

Schon gelöscht, lachte ich, aber Bos Augen wanderten besorgt durch seine Küche und er entspannte sich erst, als er sah, dass alles noch da war in seiner alten Form und Farbe. Er wusch sich die Hände und küsste mich leicht auf den Kopf, der augenblicklich zu hämmern begann.

Er setzte sich mir gegenüber und berührte meine Stirn, du kleines Blassgesicht, sagte er und sah auf die Kerze. Ich goss ihm Kaffee ein. Bo blickte lange auf den Tisch, ohne etwas zu sagen, dann sah er mich an und in seinem Gesicht stand ein irritierter Ausdruck. Das ist schön mit dem Kaffee und der Kerze und du mittendrin, sagte Bo, aber warum, um Himmels willen, hast du eine verbrannte Nachgeburt von den Schweinen auf den Küchentisch gelegt?

Hast du es gegessen damals, sagte ich jetzt in den Hörer, ich hatte ihn das vorher nicht gefragt, an dem Tag hatten wir es liegen lassen, denn keiner traute sich, man weiß ja nie. Natürlich, sagte Bo, und es hat furchtbar geschmeckt. Bo lachte in den Hörer und dann sagte er, Ada, wir müssen etwas gegen deine Blässe unternehmen, komm zu mir. Und der Amerikaner, sagte ich und dachte daran, dass Bo jemanden für die Küche brauchte. Aufgegessen, sagte Bo, dann sagte keiner mehr etwas, und ich stellte mir Bo vor, wie er am Telefon stand und das Holzkreuz und die Knüpfbilder an der Wand im Flur ansah, und wie er geduldig wartete, bis ich die Sprache wiederhatte, so wie er es immer tat, wenn sie mir abhandenkam.

Ganz plötzlich, ohne Vorwarnung, sagte Bo etwas Furchtbares. Bo sagte, Ada, ich liebe dich ungeheuerlich. Er sagte es ganz leise und dann etwas lauter, Herrgott, ich weiß nicht, warum, du kannst hier nichts, aber deine kleinen Hände und du, ihr gehört irgendwie dazu auf einmal. Wenn ihr nicht hier seid und alles durcheinanderbringt, dann wird mir die Milch sauer.

Ich sagte nichts und Bo sagte, Ada, jetzt bist du dran, so macht man das eigentlich, und da sagte ich, ich muss los, und Bo fragte, wohin, und ich sagte, weg von dir, weil du Schweine hast, und dann legte ich auf.

18

Nach dem Telefonat mit Bo brannte meine Haut und ich hatte mir irgendwie den Magen verdorben, denn kein Essen wollte hinein, und wenn ich es zwang, flog es wieder hinaus. Ich wurde dünner und selbst meine Blässe ließ sich noch steigern.

Mein kleines Blassgesicht, hatte Bo mich immer genannt, und jetzt würde er sicher sagen, meine kleine Wasserleiche. Ich hatte eine Entscheidung getroffen, die gut war und richtig und vernünftig, und jetzt stürzte ich mich in meine Arbeit und verließ die Stadt nicht mehr.

Meine Eltern hatten dafür Verständnis, schließlich ging es um die Karriere einer jungen Forscherin. Bei Bo meldete ich mich nicht, auch wenn ich mich häufig dabei ertappte, wie ich den Telefonstecker zog und wieder hineinsteckte und den Hörer anhob, nur um zu prüfen, ob es funktionierte. Manchmal saß ich nur da und starrte es an, bis es flimmerte vor den Augen, und hinterher ärgerte ich mich über die totgeschlagene Zeit.

Einmal wählte ich Bos Nummer, ohne den Hörer abzuheben, und in dem Moment klingelte es. Es war Bo, und ich ging nicht ran, mein Herz raste, und ich bewegte mich nicht, denn ich befürchtete, dass ich zerspringen würde.

Seine Stimme hören, dachte ich, und ich legte die Hand auf den Hörer. Weiterleben, sagte eine andere Stimme, und da hörte das Klingeln auf und ich zog den Stecker endgültig, denn ich wusste, dass Bo nicht mehr anrufen würde.

Alles war besser. Die Nächte waren weniger dunkel und meine Füße hatten aufgehört zu jucken, das war doch gut so. Ich richtete mich wieder ein in meinem mir fremd gewordenen Zuhause.

Es ging gut voran, meine Wände füllten sich wieder, die alten Gewohnheiten kehrten zurück und bald war wieder alles an seinem Platz. Die wirren Gedanken verschwanden irgendwo in den Windungen meines Gehirns, vielleicht gingen sie auch über in mein täglich weniger kochendes Blut, und wenn alles gut lief, wurden sie mit der Pizza quattro stagioni ordnungsgemäß ausgeschieden an irgendeinem Morgen, der wie alle war.

In dieser Zeit ertappte ich mich dabei, wie ich ebenso manisch in die Tasten haute wie Wolff, und er tat mir leid, und das, obwohl ich Wolff nicht mochte.

Neuerdings riss er die Fenster sperrangelweit auf in unserem Arbeitszimmer. Kühle Luft strömte herein und ich merkte, wie sich die Härchen auf meinen Armen und in meinem Nacken aufrichteten. Sie taten das auch unter Bos Händen und ich sah Wolff an, aber da würde es keine Stromschläge geben, auch nicht an den Füßen.

Ich fragte mich, ob Wolff Hitzewallungen hatte. Ich kannte so etwas von Tante Rosi, die es ganz plötzlich überkam, wie sie es nannte, wenn sie zwischen uns saß und feuerrot wurde im Gesicht und von einer Brötchenlänge zur anderen ganz nass wurde. Sie sprang dann auf und sperrte alle Fenster auf, und wir bekamen eine Gänsehaut. So war es auch mit Wolff.

Es wird kalt, sagte ich zu Wolff und er senkte den Kopf und fragte, ja, und? In diesem Moment betrat Professor Röslein das Zimmer und meine Notizen wehten ihm fröhlich entgegen, die kopierten Aufsätze wild durcheinander, und ich ärgerte mich, dass ich kein Ablagesystem hatte, und ich wollte Wolff und seine Wallungen töten.

Professor Röslein hatte sich verändert. Er sprach kaum und saß tagelang an seinem Schreibtisch hinter riesigen Papierbergen und unterstrich Passagen in Texten. Er ließ sich von mir mehrmals die gleichen Artikel kopieren und markierte in ihnen verschiedene Stellen, die Wolff zusammenfassen sollte.

Ich lieh in seinem Auftrag Berge von Büchern aus der Bibliothek, und er steckte gelbe Zettel hinein, auf die er Schlagwörter schrieb, die mit dem Inhalt des Buches in keinerlei Zusammenhang standen.

Archivieren Sie das, Ada, sagte er und drückte mir die Bücher in die Hand. Ich wusste nicht, was ich tun sollte, denn es ergab keinen Sinn, und so nahm ich die Zettel und klebte sie in alphabetischer Reihenfolge auf ein DIN-A4-Blatt und legte es ihm immer vier Tage später auf den Schreibtisch. Die Frist erschien mir genau richtig, denn dann erinnerte er sich vermutlich weder an den Auftrag noch an die Lektüre.

Meine Strategie ging auf, oder Professor Röslein ging unter, ich machte mir über ihn keine Gedanken, ich dachte an Bo und daran, dass ich an ihn nicht denken wollte, und am Abend ging ich in die Oper und steckte den Kopf in das Begleitheft, wenn einer kam und mich ansprach.

Ich bevorzugte die schweren, tragischen Opern. Eine

Operette würde ich mir im Leben nicht ansehen, schon *Nussknacker und Mausekönig* war ein Kompromiss und eigentlich nur zu Weihnachten schön, aber es lief zurzeit nichts anderes, und so saß ich auf meinem Platz und dachte, dass es bei Bo sicherlich genau umgekehrt war, er würde die leichten Opern mögen, die Operetten sogar, so war es ja immer, und während ich daran dachte, nicht an Bo zu denken, hörte ich bei den tiefen Tönen auf einmal eine Kuh.

Manchmal saß ich im Kino und dachte daran, dass das mit Bo nicht ging, und wieder fühlte ich, wie richtig meine Entscheidung doch war, denn im Kino gab es weder Plätze für Schweine noch für Kühe, und deshalb war auch das Kino eine landwirtfreie Zone. Ich lehnte mich zurück in meinem weichen, roten Sessel und fühlte mich weltmännisch, und auf den leeren Sessel neben mir legte ich meinen Mantel und eine Tüte Popcorn.

Am Sonntag kaufte ich vier Brötchen weniger und musste auch diese glibberige Leberwurst mit den dicken lila Stücken drin nicht auf dem Küchentisch ertragen, und während ich mir Holunder-Cassis-Gelee auf mein Brot schmierte, wie das Intellektuelle eben so tun, vermisste ich die detaillierten Ausführungen über den Besamungsvorgang einer Kuh überhaupt nicht.

Ich las den Kulturteil der Zeitung trotzig zwei Mal, denn es gab keine Vorlesung aus *Der Landwirt*, und als die Kirchturmuhr elf Mal anschlug, dachte ich an den Friedhof und die nummerierten Wege und daran, dass es dort keine Schaufeln gab, und ich dachte an Bo, wie er in der Sonne stand und sein Haar golden glänzte in Nummer zweiundzwanzig. Ich war froh, dass an diesem Sonntag und auch an allen Sonntagen, die noch kommen würden, keine Beerdigung auf meinem Programm stand.

Abends legte ich mich in meine weiße Badewanne und Lavendelgeruch durchzog meine Wohnung. Besser als Stall, sagte ich mir, und ich richtete es mir gemütlich ein in meiner vor emotionalen Erdbeben gesicherten Welt.

Wenn ich mit Professor Röslein über meine Arbeit sprechen wollte, wusste er meistens nicht, welche Arbeit. Er sagte nur, Ada, kopieren Sie das bitte, und dann drehte er seinen Kopf weg und versank in seinen Notizen.

Jetzt stand er mitten in unserem Zimmer und hielt die Tür geöffnet, sodass es schien, als stünde er in einem Schneegestöber aus Papier. Mittlerweile wehten auch Wolffs Aufzeichnungen und Kopien durch den Raum, so als wollten sie Professor Röslein persönlich empfangen und ihm zurufen, schau her, großer Meister, hier feixt die Wissenschaft, hier arbeitet ein schwitzendes Superhirn, hier wird gehämmert!

Aber es blieb still und nach einer unangenehm langen und windigen Pause fragte Professor Röslein, wie läuft es. Wolff hob den Kopf und ich sagte, schließen Sie die Tür, bitte, und Professor Röslein machte einen Schritt zur Seite, als wollte er jemanden hereinlassen, die offene Tür hielt er jedoch fest in der Hand.

Was machen die Frauen, fragte er und ich sagte, es geht voran. Gut so, erwiderte er, und er wandte sich Wolff zu mit den Worten, und die Maschinen. Wolff sagte, die laufen, und Professor Röslein nickte zufrieden und verließ unser Zimmer.

Im Türrahmen drehte er sich noch einmal um und sagte,

ihr macht das schon, ihr Blassgesichter. Er lachte laut und heiser auf und trottete zurück in sein Zimmer.

Die gewohnte Stille kehrte in den Raum zurück, und ich dachte an den Moment, als bei Bo die Kühe und Schweine schliefen, und wir schliefen nicht. Wir hielten uns an den Händen und unsere Füße hatten sich berührt in dieser Nacht, und es hatte keine elektrischen Stöße gegeben, und das, obwohl irgendwie alles voller Elektrizität war.

Ich hatte geweint, als Bos Hände mich vorsichtig berührten, und er hatte gefragt, warum weinst du, mein kleines Blassgesicht, und ich wusste es nicht. Ich schüttelte den Kopf und sagte, ich weine gar nicht, ich habe nur zu viel Wasser im Auge, und Bo küsste mich und sagte, aus dir strömt das Meer.

Meine Lippen berührten Bo, und seine Poren öffneten sich weit und verströmten diesen Geruch. Ich wollte hineinkriechen in Bo, mich zusammenkauern in seiner Pore und da bleiben, bei Bo, für immer, und ich sagte, Bo, aber es kam nur ein Krächzen und er sagte, ich weiß. In dieser Nacht hatte ich nicht daran gedacht, dass es Bos Schweine auch mit Schwimmwesten nicht durch das Meer schaffen würden.

Was war das, fragte ich Wolff, während wir auf allen vieren unter seinem Schreibtisch hockten und uns den Folgen der Verwüstung widmeten. Wolff zog die Schultern nach oben und sah mich an. Er hatte ein blaues und ein braunes Auge, das war mir vorher nie aufgefallen, weil Wolff mich nie ansah, und ich fragte mich, ob Wolff ein Autist war.

19

Vor drei Wochen hatte Bo den Hörer aufgelegt und seitdem war es still in meinem Leben, nur die Züge rauschten an meinem Fenster vorbei, die bremsten und anfuhren und Bo nicht brachten. Der Herbst schlug mit seinen kahlen Ästen nass an meine Fensterscheibe, ansonsten klopfte niemand.

In meiner Ruhe nahm ich mein altes Leben wieder auf, mein Leben vor Bo, denn seit es Bo gab, hatte sich mein Leben in zwei Hälften geteilt, ein Leben vor Bo und eines danach. An das Leben vor Bo erinnerte ich mich kaum, und das Leben danach war der Rede nicht wert. Irgendwann einmal gab es auch ein Leben mit Bo, aber das zählte nicht mehr, und es war kurz und es war vorbei.

Der Alltag war wiedergekehrt, mit ihm die Gesichtsfarbe und ein paar zusätzliche Kilos, die ich mir nicht erklären konnte, denn ich aß fast nichts, ich fühlte mich gut, denn ich brauchte ja niemanden. Meine Tage verliefen in festen Strukturen und ich sah kein Schwein und keine Kuh und mir fehlte nichts.

Nur manchmal sah ich Bo irgendwo stehen, und dann ging ich schnell weiter, denn ich wusste, dass er es nicht war, und ich fühlte mein Herz, und es war besser, wenn man es nicht fühlte. Fühlst du dein Herz, Ada, hatte mich meine Mutter so oft gefragt, und ich hatte es nie gefühlt, und jetzt fragte ich mich, warum ihr dieser Schmerz so wichtig war.

Die Tage krochen farblos dahin. Ich saß in der Uni bei Wolff, am Mittag ging ich wieder in das Café, wo die Kellnerin sagte, wie immer, und am Abend schloss ich die Tür auf, die mich in mein stilles Zuhause spuckte.

Ich hatte Einkäufe erledigt auf dem Rückweg und dachte über Wolff nach, der heute seine ersten Kapitel eingereicht hatte. Ich musste jetzt auch mal loslegen, und ich fragte mich, was ich denn machte den ganzen Tag. Ich haute in die Tasten wie Wolff und saß den ganzen Tag an meinem Schreibtisch oder in der Bibliothek und alles war anders geworden und voran ging gar nichts.

Die Bücher, ihr Geruch, das sanfte Rascheln beim Umblättern des Papiers, es knisterte nichts mehr unter meinen Händen und mein Herz sprang nicht, weil ein Buch gut war, und auch die klugen Gedanken, die ich einst in Marmeladegläsern einmachen wollte, waren mir irgendwie aus dem Kopf gefallen.

Nach dem Sommer mit Bo war es überraschend schnell Herbst geworden, die Menschen klagten über wetterbedingte Depressionen und ich stimmte ein in ihren Gesang, und als um fünf Uhr der Himmel erneut seine Wolken aufriss und es aus Eimern schüttete, fielen mir die kleinen Gummistiefel neben Bos großen ein. Für einen kurzen Moment dachte ich, dass ich doch einen Teil von Bo hier in der Stadt brauchen könnte, und dann ging ich in ein Schuhgeschäft und kaufte mir neue Gummistiefel, die schöner waren und glänzten, und ich zog sie gleich an.

Der Wind wehte kalt, ich stieß mit dem Fuß die schwere Haustür auf und öffnete mechanisch den Briefkasten. Zwei Rechnungen waren drin und auch eine Mahnung von der

Ausleihstelle der Landesbibliothek wegen eines Buches über biologischen Ackerbau, das ich nicht zurückgeben konnte, weil ich es noch lesen musste, was ich nicht tat, weil ich wusste, dass ich es dann zurückbringen würde, und es war das letzte Buch mit Wörtern wie Mist und Mastitis und danach würden keine mehr folgen und deshalb lag es noch auf meinem Tisch und vorne drauf war eine Kuh, die mich vorwurfsvoll ansah. Ich würde morgen in die Bibliothek fahren und sagen, das Buch sei verloren, und dann bezahlte ich es eben.

Ich steckte die Post in die Tüte zu den Einkäufen. Erst mal nach oben, dachte ich, während der Regen aus meiner Jacke lief und in meine neuen Gummistiefel tropfte.

Die Treppenstufen wurden mit jedem Schritt höher und ich hörte mich prusten wie damals im Sportunterricht. Ich wohnte ganz oben im vierten Stock, denn dort passierten die wenigsten Einbrüche, und ich hatte rasende Angst, wenn das Licht ausging.

Tagsüber, wenn es hell war und ich beladen, so wie jetzt, fragte ich mich, ob ich den Verstand verloren hätte bei sechsundneunzig Treppenstufen. In der Nacht aber, wenn ich nahe am Himmel lag mit all seinem Leuchten und Flackern, war die Welt weniger dunkel.

Aber jetzt war es Tag und ich wuchtete mich mit einer schweren Büchertasche, dem Schuhkarton, in dem meine alten Sneakers steckten, und der Einkaufstüte nach oben und schimpfte vor mich hin, dass es dort in der Nacht genauso dunkel war wie überall.

Als ich endlich oben war und mir die Luft ausblieb, stank es von unten. Ich folgte dem Geruch mit der Nase und unter meinem rechten neuen Stiefel klebten Reste eines riesigen Hundehaufens.

Ich stellte die Tüten ab und warf den beschmierten Stiefel vor die Tür des Nachbarn, sollte er doch dort alles vollstinken, dann schloss ich meine Tür auf und ging in die Küche, wo ich die Einkäufe auf einen Stuhl stellte. Mir war kalt und ich wusste nicht, was sonst, also ging ich ins Badezimmer und ließ mir eine Wanne ein.

Beim Öffnen der Lavendelflasche strömte mir ein feiner Duft entgegen und ich sog die lila Luft tief ein, doch es mischte sich ein störender Geruch dazwischen. Ich sah an mir herunter auf den einen roten Stiefel, den ich noch trug, und auch dort klebte Hundescheiße.

Die hatte ich auch schon auf dem Teppichboden im Flur und auf den Dielen in der Küche verteilt. Alles stank, und während ich den Fußboden schrubbte und mir schlecht wurde, dachte ich an die Kühe im Stall und war froh, dass das vorbei war.

Ich zog meine feuchte Jacke aus, nahm meine Sneakers aus dem Karton und stellte sie an ihren Platz unter der Garderobe. Gummistiefel passten also doch nicht in mein akademisches Stadtleben, das hatte ich ja nun gesehen, und so warf ich auch den zweiten vor die Tür des Nachbarn, sollte er doch glücklich werden mit dem Geruch von Schweinen und Kühen und all den Erinnerungen.

Irgendwann stank der Teppich nicht mehr, und als die Wanne voll war, drehte ich den Wasserhahn zu, ging in die Küche und stellte die Milch in den Kühlschrank, daneben den Käse, das Brot. Eier hatte ich vergessen und Kaffee auch. Und ich hatte Leberwurst gekauft, die ich niemals essen würde, und wie um Himmels willen kam der grüne Wackelpudding in die Tüte? Verwirrt stellte ich alles in den Kühlschrank, zwei Tiefkühlpizzen fror ich wieder ein, und dann fiel die Postkarte auf den Boden.

Ich hob sie hoch und es war kein Druck, sondern ein Foto, ein Foto von einem riesigen rosa Schweinekopf, der etwas schräg lag, und die schwarzen Augen guckten ein wenig ungläubig, so als wollten sie sagen, du hier? Mir wurde heiß, denn ich kannte das Schwein. Auf der Rückseite stand in dicken schwarzen Buchstaben: *Du fehlst mir gar nicht. Siegfried.* Mehr nicht. Nur meine Adresse und Altkanzler Kohl, der gern Saumagen aß. Er glotzte aus der Briefmarke oben rechts in der Ecke und sein Mund war vom Stempel halb verdeckt.

Ich war fassungslos. Siegfried hatte mir eine Karte geschrieben. Ich hielt mir das Papier unter die Nase, es roch nur nach Postkarte, was hatte ich denn erwartet. Siegfried. Ich musste lachen. Dann nicht mehr. Scheiß Herbst, dachte ich und stieg in die Wanne. Morgen würde ich zum Arzt gehen und mir etwas gegen die Depressionen verschreiben lassen. Eine Karte von Siegfried. Ich nahm sie mit ins Badezimmer und stellte sie vor den Spiegel. Den Spiegel stellte ich so, dass ich die Karte von vorne und hinten sehen konnte in der Wanne. Ein rosa Schweinekopf. Du fehlst mir gar nicht. Kleine schwarze Haare auf dem Kopf von Siegfried, die hatte ich nie gesehen. Helmut Kohl ohne Mund. Du fehlst mir gar nicht.

Ich lag in der Wanne und sah auf das Schwein. Meine weißen Füße guckten aus dem Wasser. Du fehlst mir auch nicht, sagte ich in die Stille und spritzte Wasser gegen den Schweinekopf. Und dann weinte ich.

Ich hatte wieder zu viel Wasser im Auge, auch das sollte sich der Arzt morgen mal ansehen. So viel Zeit musste sein. Aus dir strömt das Meer, hatte Bo gesagt, und jetzt stand Siegfried in meinem Badezimmer und kleine Tropfen liefen ihm über den glatten rosa Schweinekopf.

20

Er will mich unbedingt heiraten, sagte Elisabet. Sie legte den Kopf schräg und zwirbelte eine Haarsträhne in ihren Fingern. Wegen der geordneten Verhältnisse, hat Leo gesagt. Sie senkte den Kopf und ich goss ihr Kaffee ein, und du, hatte ich sie gefragt und sie zuckte die Schultern.

Er hat nicht von Liebe gesprochen, sagte sie und ich dachte an Elisabet als junges Mädchen und an ihren Sinn für Romantik und ihre Aufregung nach dem Festival, und jetzt saß sie in meiner kleinen Küche und suchte ausgerechnet hier nach der Liebe.

Weißt du, Ada, ich habe mir das irgendwie anders vorgestellt, ein bisschen wie im Film, mit Champagner und roten Rosen und einem magischen Augenblick und nicht zwischen Tür und Angel ein dahingeworfenes, dann heiraten wir eben, das Kind soll in geordneten Verhältnissen aufwachsen. Sie senkte den Blick und fixierte einen Fleck auf dem Küchenboden.

Ich suchte meine Zettel an der Wand hinter Elisabet nach einer Antwort ab, einem Rat, den ich ihr geben konnte, aber ich war auf so etwas nicht vorbereitet und ich konnte mich auch nicht daran erinnern, eine passende Notiz zu haben. Die Wörter durften mir nicht ausgehen, nicht jetzt, dafür war es zu wichtig. Denn dass auch keine Wörter Folgen haben, wusste ich nur zu gut.

Romantik, sagte ich, das gibt es doch gar nicht, das ist eine Vorstellung, ein Wunsch. Ada, sagte Elisabet, das ist doch nicht dein Ernst. Sie rollte die Augen und sah mich an. Mein Gesicht wurde heiß, denn ich hatte eine Antwort und ein unschlagbares Argument gegen die Liebe. Das würde ich später unbedingt aufschreiben müssen.

Mit unserer Sehnsucht nach Romantik verdient die Industrie einen Haufen Geld. Sie ziehen uns über den Tisch und lachen sich ins Fäustchen und wir merken es gar nicht. Denk doch allein an die Gärtner am Valentinstag oder an die Parfümerien an Weihnachten. Romantik und Liebe, das hat die Industrie erfunden, sagte ich und mein Gesicht glühte. So mussten sich Börsenmakler fühlen, wenn die Kurve stimmte.

Mit Romantik und Liebe wird Politik gemacht, Geschichte geschrieben und dabei ist es doch nur ein Konstrukt, schloss ich meinen Vortrag und ein Gefühl tiefster innerer Zufriedenheit breitete sich in mir aus. Überzeugt lehnte ich mich zurück, und ich musste in diesem Augenblick so ausgesehen haben wie mein Vater, als er mir mit einem abgenagten Entenknochen gegenübersaß und geglaubt hatte, er würde meine Mutter mit einer Putzfrau wieder zum Leuchten bringen. Ich wusste, dass sie nicht geleuchtet hatte, und ich wusste auch, dass Elisabet mir nicht glauben würde, und eigentlich wusste ich auch, dass sie recht hatte, aber wem nützte das denn? Manchmal war es gut, wenn man die Dinge nüchtern betrachtete, so unrecht hatte mein Vater gar nicht, als er sagte, in China essen sie Hunde.

Elisabet hob den Kopf und sah mich ungläubig an. Romantik und Liebe, das ist doch alles Illusion, sagte ich mit

Nachdruck und setzte ein überzeugtes Börsenmaklerlächeln auf. Aber Ada, sagte Elisabet, es gibt doch nichts Romantischeres als das da, und ihre Hand ließ die Haarsträhne los, die sie noch immer nervös bearbeitete, und deutete auf das Foto mit dem großen rosa Schweinekopf, das an meinem Kühlschrank klebte und uns mit großen Augen ansah. Die Kurve ging nach unten und es gab einen Börsencrash mitten in meiner Küche. Elisabet grinste, ich nicht mehr. Was soll denn an einem Schwein romantisch sein, sagte ich.

Leo will ein großes Fest, sagte Elisabet. Das sieht ihm ähnlich, dachte ich, sagte aber nichts, weil Elisabet ihn heiraten würde, und weil ein Baby in ihr heranwuchs. Meinst du, es wird gut, sagte sie und ich nahm ihre Hand in meine, obwohl ich das schrecklich fand, setzte ein Gesicht auf, das ich von meiner Mutter kannte, und sagte, aber sicher, alles wird gut.

Dabei entzog ich mich ihrem Blick, denn sie sollte nicht sehen, dass ich nicht daran glaubte, und sie sollte nicht sehen, dass ich ihr nicht helfen konnte, denn gar nichts war gut. Leo würde in jeder Stadt einer anderen Frau ins Gesicht greifen und mit seinen Lippen saugende Geräusche machen, und Elisabet wusste das, und ich saß bei ihr und log sie an und Bo war weg.

Ich hatte ihn in sein Leben zurückgeschickt und Bo war gegangen. Das war gut so und richtig, und ich wusste das, und jedes Mal, wenn das Telefon nicht klingelte, war ich froh darüber.

Und dennoch gab es Nächte, in denen lag ich wach, und dann war da sein Gesicht und ein Vortrag über Landmaschinen, und ich öffnete die Augen, und die Nacht schickte ihren schwärzesten Himmel durch mein Fenster, und meine Füße juckten auch ohne Bo, und ich irrte durch meine Wohnung, und nichts war voller Elektrizität, und niemand lag neben mir und bewegte sich nicht und sagte leise, bleib bei mir.

Wirst du kommen, fragte Elisabet und ich sagte, wohin, und sie entgegnete unwirsch, zu meiner Hochzeit, was ist mit dir los. Natürlich komme ich, und ich stand auf, nahm das Schwein von meiner Kühlschranktür und warf es in den Müll. Du fehlst mir gar nicht, dann klappte der Eimerdeckel zu und Elisabet sagte, Bo kommt auch.

21

Welche Farbe hat ihr Kleid, rief meine Mutter aufgeregt in den Hörer und ich konnte mir nicht erklären, wie Elisabet ausgerechnet sie beauftragen konnte, die Dekoration der Feier zu übernehmen. Was weiß ich, sagte ich und meine Mutter schnaubte. Ada, dass du damit nichts anfangen kannst, war ja klar, aber du könntest dich wenigstens für Elisabet ein wenig ins Zeug legen. Sie ist doch deine Freundin.

Ihr Kleid ist weiß, sagte ich, denn alle Hochzeitskleider waren weiß, und meine Mutter schnaubte noch ungeduldiger. Welches Weiß, fragte sie scharf, und ich hatte bis dahin nicht gewusst, dass es unterschiedliche Weißtöne gab. Ein weißes Weiß, sagte ich, denn in meinem Leben gab es schmutziges Weiß, wenn ich die Wäsche nicht richtig trennte, und sauberes Weiß, wenn meine Mutter sie wusch.

Ada, sagte meine Mutter ungeduldig und ich sagte ihr, dass doch niemand in Schmutzig-Weiß heiratete, woraufhin sie tief durchatmete, doch bevor sie loslegen konnte, sagte ich, frag sie selbst, ich weiß es nicht. Aber du warst doch dabei, sagte meine Mutter, woran ich jedoch nicht erinnert werden wollte.

Elisabet hatte zehn Stunden gebraucht, um ein Hochzeitskleid zu kaufen, und gerade ich musste mitkommen, um ihr zu sagen, dass sie aussieht wie ein Sahne-Baiser. Ich saß auf einem unbequemen Hocker und las in einer Frauenzeitschrift das Neueste aus der Cellulite-Liga und beim vierten Kleid, das sie verunstaltete, tat mir der Hintern weh vom Sitzen.

Elisabet thronte auf einem Stuhl und drei Verkäuferinnen mit zu viel Schminke im Gesicht hüpften um sie herum und zupften mal hier und mal dort und steckten Nadeln in das Kleid. Für mich hatte das alles etwas Masochistisches. Ich sah Elisabet an und versuchte das Gewicht von meinem Hintern in die Beine zu verlagern beim Sitzen.

Wie sehe ich aus, fragte Elisabet. Sie sah mich an und ihr Gesicht war weiß wie Schnee, was an dem Kleid lag, das aus Rüschen und Schleifen bestand und aus Elisabet etwas Unförmiges machte, das einer Glocke ähnelte.

Die drei Verkäuferinnen richteten ihren scharfen Blick auf mich, und ich wusste, dass ich schon vor sechs Stunden gegen sie in die Schlacht gezogen war, denn egal, wie viele Nadeln sie in die Kleider hineingesteckt hatten und wie breit sie auch grinsten, ich fand kein Kleid schön genug für Elisabet, denn sie sollte Leo nicht heiraten, was ich ihr anders nicht sagen konnte.

Wie eine schwangere Drohne, sagte ich, kicherte und klappte meine Zeitschrift zu, aber Elisabet fand es nicht witzig, und als sie vom Hocker stieg, weinte sie und sagte, ich heirate nicht.

Ich zog den Hass der drei Brautausstatterinnen, wie sie sich nannten, auf mich, und bevor sie mir mit ihren langen Fingernägeln die Augen auskratzen konnten, zog ich ein Kleid aus dem Schrank, reichte es Elisabet und sagte, probier das.

Sie zog es an und es passte und sah einigermaßen aus, wenn man davon absah, dass es ein Hochzeitskleid war und keine Jeans, und ich den ganzen Abend mit Elisabet würde aufs Klo gehen müssen, um die Röcke hochzuhalten, damit ihr nichts am Bein runterlief.

Sie kaufte das Kleid und sagte, danke Ada, du Wahnsinnige, und ich trug das Kleid nach Hause und hängte es in den Schrank, der damit voll war. Elisabet wollte, dass ich es bis zu ihrer Hochzeit bei mir aufbewahrte, damit Leo es nicht vorher sah, was ja Unglück brachte, und ich dachte, dass es ein noch größeres Unglück als Leo eigentlich nicht geben konnte, und willigte ein.

Jedes Mal wenn ich eine Jeans oder einen Pullover aus dem Schrank holen wollte, starrte ich gegen dieses Tortenkleid und unwillkürlich musste ich an den Besamungstechniker denken, der mit einer Spritze kam und ohne Kleider und Romantik dafür sorgte, dass eine Kuh an den Mann kam.

Den Kühen war es egal, ob sie in der Stadt wohnten oder Schweine hatten, und ich wünschte mir, in meinem nächsten Leben eine Kuh zu sein mit einem eigenen Besamungstechniker, der eine Frau war, und einer modernen Melkmaschine am Euter.

Kühe brauchen kein Kino, hatte Bo gesagt, aber Bo war keine Kuh und ich dachte darüber nach, was ihm so alles fehlte, und ich sah sein Gesicht vor mir, das zufrieden und klug war. Bo hatte gesagt, du fehlst mir, Ada, komm zu mir und lass mich etwas gegen deine Blässe unternehmen.

Aber auch ich war keine Kuh und deshalb saß ich hier in meiner kleinen Wohnung mitten in einem Kleiderberg und sah ein, dass alle Versuche, nicht an ihn zu denken, nichts nützten, und ich sah das Telefon an und verfluchte es, weil es nicht klingelte. Bo, sagte ich in die Stille und aus weiter Ferne hörte ich meinen Vater sagen, er hat Schweine, und meine Mutter kicherte, so eine Sauerei.

22

Leo hatte sein Vorhaben, eine große Hochzeit zu feiern, wahr gemacht. Schon die Kirche war brechend voll und sie mussten noch drei zusätzliche Stuhlreihen aufstellen, damit alle Gäste am Trauungsgottesdienst teilnehmen konnten. Ich war mit meinen Eltern dort und wir kamen spät, weil mein Vater seine Krawatte nicht finden konnte, dann waren alle Parkplätze besetzt, und als wir nun die Kirche betraten, gab es keine Plätze und keine Gesangbücher mehr und der Küster stellte Stühle auf.

Ganz vorne stand Leo. Er bemühte sich, lässig und ungerührt zu wirken, aber seine Nervosität merkte man ihm an. Leo trug einen schwarzen Anzug, und hätte er sich nicht diese kleine weiße Rose ins Knopfloch gesteckt, hätte man ihn von den Trauergästen sonntags auf dem Friedhof nicht unterscheiden können.

Ich ließ meine Augen über die Bankreihen gleiten und studierte die Köpfe. Bo kommt auch, hatte Elisabet gesagt. Jemand drückte mir ein Gesangbuch in die Hand und unwillkürlich dachte ich an Tante Rosi. Meine Mutter sah mich lächelnd an, und ich wusste, dass sie auch daran dachte.

Wie könnt ihr nur, hatte mein Vater gesagt und jetzt sagte er, dort vorne sind noch drei Plätze. Er schob uns durch das Murmeln und Raunen vieler Stimmen durch die Kirche, und wir setzten uns in die fünfte Reihe.

Was für ein Glück, sagte meine Mutter und mein Vater sagte, so spät waren wir gar nicht, und meine Mutter verdrehte genervt die Augen. Ich wusste, dass sie es hasste, zu spät zu kommen, und dass mein Vater es nie pünktlich schaffte, denn etwas fehlte immer, der Schlüssel, die Brille, ein Hemdknopf oder die Krawatte.

Wenn ich mich nicht um alles selbst kümmere, sagte meine Mutter und mein Vater nahm sie in den Arm, wenn ich dich nicht hätte. Sie schmiegte sich an ihn und als sie sein Hemd berühren wollte, sagte mein Vater, und, wo hast du meine Krawatte hingelegt? Da berührte sie sein Hemd nicht mehr und gab keine Antwort und er merkte es nicht.

Was hat er für eine Tussi bei sich, sagte mein Vater plötzlich und meine Mutter stieß ihn unsanft in die Seite. Wer, fragte ich und sie sagte, ach niemand, und ich wusste, dass es um Bo ging, und hörte mein Herz schlagen. Ich höre es schlagen, sagte ich zu meiner Mutter und sie versuchte, nicht in die Richtung zu sehen, in der Bo saß.

Da sitzt er, sagte mein Vater und zeigte auf einen blonden Hinterkopf, der gerade etwas in das Ohr neben sich flüsterte. So eine Landpomeranze passt doch auch besser zu ihm als meine Ada, sagte mein Vater zufrieden und meine Mutter sagte, so eine hässliche Dauerwelle, sie nahm meine Hand und drückte sie und ich wusste nicht, was gerade am schlimmsten war.

Ich starrte auf Bos Hinterkopf, die vier Leute vor uns auch, und dann drehten sie sich fragend zu meinem Vater um. Er hat Schweine, erklärte mein Vater, und sie drehten irritiert ihre Köpfe wieder nach vorn.

Die Dauerwelle neben Bo legte ihre Hand auf seine

Schulter und Bo strich mit seiner Wange darüber. Es scheint zu jucken, sagte mein Vater, das sind bestimmt Stallflöhe, und meine Mutter sagte, seid still, da kommt die Braut. Es wurde ganz leise in der Kirche und die Orgel schlug an.

Alle Köpfe drehten sich nach hinten und Elisabet betrat die Kirche. Sie schritt langsam und bedächtig den Gang zwischen den voll besetzten Bänken entlang. Sie ging allein und hielt den Kopf gesenkt.

Elisabet hatte keine Eltern. Sie war in einem Heim aufgewachsen, nachdem ihre Eltern bei einem Autounfall ums Leben gekommen waren. Sie hatte den Unfall als einzige überlebt, da war sie drei Jahre alt gewesen. Mein Vater hatte ihr angeboten, sie zum Altar zu führen, aber das wollte sie nicht.

Diesen Weg muss ich alleine gehen, hatte sie gesagt, und nun ging sie mit gesenktem Kopf an den vielen Menschen vorbei, die ihr Kleid sahen, aber nicht sie. Ich wollte sie aus dem Gang herausreißen, hinein in die Bankreihe und neben mich auf den Platz drücken, an meine wortlose Seite, und sie festhalten und beschützen vor allen Leos dieser Welt.

Sie aber ging an mir vorbei wie an allen anderen, ohne den Kopf zu heben und ohne ein Geräusch zu verursachen. Die stille Elisabet, sagte meine Mutter leise, es ist, als ob sie schwebt, und mein Vater flüsterte, unsere kleine Schweinespeckschwarte, wisst ihr noch? Und ich erinnerte mich an den Tag, als meine Grundschullehrerin Frau Hammer Elisabet neben mich gesetzt hatte, damit sie mehr aus sich herauskäme und ich wiederum mehr in mich hineinginge, und mein Vater lächelte mich leise an. Sie ist nett, hatte meine Mutter damals gesagt, nachdem ich heftig protestiert hatte, du wirst schon sehen. Sie ist sehr blass und ihr Gesicht glänzt wie eine Schweinespeckschwarte, sagte mein Vater. Ja, sagte ich, eine Schweinespeckschwarte. Jetzt hör aber auf, sagte meine Mutter streng zu meinem Vater. Aber es ist doch so, sagte er. Ja, so ist es, eine Schweinespeckschwarte, sagte ich.

Danach konnte ich Elisabet nicht ins Gesicht sehen, ohne dass mir eine Schweinespeckschwarte entgegenblickte, und jedes Mal musste ich lachen. Da ich niemandem erzählte, worüber ich lachte, denn ich hatte meinem Vater versprochen, es niemandem zu sagen, hielt Elisabet mein Lachen für Zuneigung und die tat ihr gut.

Der Gedanke, dass das Wesen der Dinge an einem Band aus Buchstaben hing, versetzte mich in der Schule besonders häufig in schwankende Stimmungen. Frau Hammer teilte meine Begeisterung nicht, und um mich zu beruhigen, setzte sie mich neben Elisabet. So wurde ich im Unterricht immer stiller, was daran lag, dass Elisabet einfach nicht sprach, nicht mit mir und nicht mit den anderen. Nicht einmal mit Frau Hammer. Elisabet sprach mit niemandem. Ihr Aus-sich-Herauskommen beschränkte sich auf eine ihr besondere Art mich anzusehen, mir meine Bleistifte anzuspitzen und mein Pausenbrot gegen ihres zu tauschen, wenn ich es so wollte. Es bestand darin, dass sie mir meine Schultasche trug und mir wie ein Schatten folgte auf Schritt und Tritt, und ich wunderte mich, dass mich das nicht störte.

Somit beeinflussten wir unsere schulische Laufbahn gegenseitig so positiv, dass wir in unserem ersten Zeugnis im Betragen beide ein *Ausgezeichnet* erhielten, was niemand erwartet hatte.

Auch Frau Hammer war sichtlich zufrieden mit unseren Zeugnissen. Sie hielt unsere Entwicklung für ein Resultat ihrer wohldurchdachten pädagogischen Entscheidung, und das *Ausgezeichnet* in Betragen gab sie ihrer stillsten und ihrer aufgewecktesten Schülerin nicht zuletzt auch deshalb, um zu unterstreichen, wie gut doch diese Entscheidung gewesen war und dass es sich um ihretwillen doch gelohnt hatte, den weiten Weg hinunter ins Dorf zu gehen und einen ganzen Abend bei diesen sonderbaren Leuten auf dem Sofa zu verbringen, das neu war, und das bei strömendem Regen.

Dass eigentlich mein Vater und seine Schweinespeckschwarte alles zu verantworten hatten, wussten nur er und ich. Verrate es niemandem, hatte er gesagt und mich in die Seite geknufft. Jetzt knuffte er mich wieder in die Seite und hatte dabei den *Weißt-du-noch-Blick* im Gesicht und ich sah Elisabet an, die nun nicht mehr glänzte, und ich wollte sie nicht zu Leo gehen lassen, aber es war zu spät.

Ich hätte ihr damals bei mir in der Küche sagen sollen, dass sie ihn nicht heiraten sollte, und dass nichts gut werden würde, und dass alle es wussten, und das Schwein im Müll hatte mir auch nicht geholfen. Du fehlst mir gar nicht. Was sollte daran romantisch sein?

Ich wendete meinen Blick ab von Elisabet und sah, dass meine Mutter heulte. Mama, sagte ich verständnislos und sie sagte, das ist so romantisch, und mein Vater sagte, Leo ist ein stattlicher Mann geworden und er sieht stramm aus in seinem Anzug. Er warf mir einen vielsagenden Blick zu und ich schüttelte mit dem Kopf, denn sie hatten es beide nicht verstanden, und ich blickte nach vorne und sah direkt in Bos Gesicht.

Er sah mich an und ich sah Bo an, und ich konnte meinen Blick nicht lassen von diesem Gesicht und auch Bo drehte seinen Kopf nicht wieder nach vorne. So saßen wir bewegungslos da und nach zwei Strophen sagte meine Mutter, warum zwinkert er gar nicht, und ich zuckte zusammen und sagte, was, und sie sagte, wenn jemand so lange auf eine Stelle starrt, dann fangen doch die Augen an zu brennen.

Ruhe, zischte eine Frau vor uns und mein Vater klappte geräuschvoll das Gesangbuch zu und sagte laut in die Kirche, das ist doch keine Beerdigung hier.

Ada, formten Bos Lippen und ich flüsterte, Bo, und mein Vater sagte, wie lange geht denn das noch, und ich sah nach vorne und drei Frauen standen vor der Kanzel und lasen monoton einen Text über die Liebe vor.

Meine Mutter hatte die Augen geschlossen, und vor uns wurde es unruhig in den Bankreihen und ich schloss daraus, dass sie schon etwas länger lasen. Bo sah mich noch immer an, und es gab keine Welt mehr um mich herum, alles war Bo.

Hier haben sich zwei Menschen in Liebe zusammengefunden, um das Leben von nun an gemeinsam zu durchschreiten, dröhnte es von der Kanzel durch die Kirche. Der Pastor sprach in ein Mikrofon, das übersteuert war, und bei den hohen Vokalen pfiff es durch das Kirchenschiff, dass es in den Ohren schmerzte.

Wenn jemand berechtigte Einwände gegen diese Bindung hat, fuhr er fort, so erhebe er jetzt das Wort oder er möge für immer schweigen. Das Mikrofon pfiff laut und schrill und die Gäste in den ersten Reihen hielten sich die Ohren zu.

Ich stand auf und hob meine rechte Hand. Alle Gesichter waren auf mich gerichtet, aber ich sah nur Bo an. Meine Mutter zischte, was tust du, Ada, setz dich sofort wieder hin. Was haben Sie zu sagen, schrillte es durch das Mikrofon, und nun drehten sich auch Elisabet und Leo zu mir um.

Die Liebe, sagte ich laut in die Kirche und ich sah Bo an und es war so still wie den ganzen Nachmittag noch nicht. Was ist mit der Liebe, donnerte es aus dem Mikrofon und nun hielten sich auch die hinteren Bankreihen die Ohren zu. Der Liebe ist es egal, ob sie Schweine ins Kino lassen, sagte ich, und nun drehten sich endgültig alle Gesichter in meine Richtung, und es ging ein unbestimmbares Raunen durch die Reihen.

Der Pastor sagte nichts mehr und blickte ratlos von der Kanzel. Ich sah in Bos Gesicht und er lächelte und flüsterte, Siegfrieds Lieblingsfilm ist *Men in black 2*, und die Leute drehten sich zu ihm um und Bo sagte laut, Siegfried ist meine Leitsau. Ich sagte doch schon, dass der Schweine hat, sagte mein Vater, als sich nun wieder alle Köpfe in meine Richtung drehten, und meine Mutter murmelte, oh wie peinlich.

Ich sah Elisabet an, liebst du ihn, fragte ich laut. Natürlich liebe ich ihn, sagte sie weniger laut, und dann sagte sie zu dem erstaunten Gesicht auf der Kanzel, machen Sie weiter, und sie drehte mir den Rücken zu und ich blickte auf die riesige Schleife auf ihrem Hintern.

Wie peinlich, flüsterte meine Mutter wieder, die nun nicht mehr heulte, und mein Vater sagte, wieso, so war wenigstens mal was los in diesem Trauerverein, und er zwinkerte mir zu und ich senkte verlegen den Blick.

Als ich den Kopf wieder hob und nach vorne blickte, sah ich direkt in das Gesicht der Dauerwelle, das mich böse anfunkelte, und Bo flüsterte ihr etwas ins Ohr. Er drehte sich nicht mehr um und sie warf ihre Haare zurück und ich hörte ihr albernes Lachen bis in unsere Bankreihe.

Leise sagte ich zu meiner Mutter, die hat kein Benehmen, und sie sagte, da kenne ich hier noch jemanden. Sie blickte stur nach vorne und vermied es, mich anzusehen. In diesem Moment schwor ich mir, niemals zu heiraten und erst recht nicht Bo, den Bauerntölpel, der dort saß und seinen Atem in das Ohr einer Dauerwelle hineinkriechen ließ und sich nicht mehr umdrehte.

23

Nach dem Gottesdienst strömte die Festgemeinde auf ein nahe gelegenes Landgut, auf dem die Hochzeitsfeier stattfinden sollte. Es war wie ein kleines Schloss und Leo gemäß sollte es eine edle Feier werden. Wir werden heiraten wie Könige, hatte Leo gesagt, und Elisabet war seinem Blick ausgewichen und Leo hatte getönt, meine Prinzessin und ich.

Mein Vater weigerte sich, mit dem Auto dorthin zu fahren, wie es alle machten, da er froh war, einen Parkplatz gefunden zu haben. Die paar Meter, sagte er und meine Mutter sagte, aber unsere Garderobe, und er sagte, das schadet nichts, und so liefen wir los.

Die paar Meter entpuppten sich als fast vier Kilometer und so kamen wir auch zum Bankett zu spät und ich vermied es, meine Mutter anzusehen, die zu meinem Vater sagte, jetzt bekommen wir keinen Begrüßungssekt. Mein Vater sagte, das ist sowieso immer billiger Fusel, das macht nichts. Ich musste grinsen, denn mein Vater glaubte tatsächlich, dass es meiner Mutter um den Sekt ging.

Sie wischte sich verlegen Staub und Gräser von den Pumps und den Schweiß aus dem Gesicht, strich ihren Rock glatt und mit einem Blick bedeutete sie mir, das Gleiche zu tun.

Wie sind meine Haare, fragte sie, ich sah die Verwüstung und sagte, sehr schön, und sie sagte, aber deine, Ada, und fuhr mit den Händen durch das Kraut auf meinem Kopf und ich wusste, dass sie in alle Richtungen abstanden. Ich hatte dickes, borstiges Haar und der Frisör hatte zwei Stunden gebraucht, um daraus morgens eine Frisur zu machen. Die hielt genau bis zu unserem Fußmarsch, denn der herbstliche Wind wehte scharf und der zielstrebige Schritt meines Vaters hatte ein Übriges getan.

Meiner Mutter sagte ich lieber nicht, wie furchtbar sie selbst aussah, und auch mein Vater vermied es, ihr auf den Kopf zu sehen. Wir warfen uns Blicke zu und waren uns einig, sie davon abzuhalten, in die Nähe eines Spiegels zu kommen.

Was zuppelt ihr da, sagte mein Vater, macht es meine Stratford-Frauen etwa nervös, mit einem so jung gebliebenen Gentleman auf eine Hochzeit zu gehen? Er lächelte und reichte meiner Mutter den rechten und mir den linken Arm mit einer Verbeugung.

Meine Mutter sagte, Sir, nervös macht mich nur, dass der Gentleman die Damen nicht fahren wollte und sie stattdessen im Jagdgalopp über die Sandwege trieb. Infolge der wetterbedingten Verwüstung von Garderobe, Haar und Kosmetik der Damen bleibt ein wenig Gezuppel, wie Sie es nennen, nicht aus.

Sie lächelte und mein Vater ließ meinen Arm los und sagte zu ihr, Sie meinen das bisschen Straßendreck an Ihrem Rock, das haben wir gleich. Er ließ nun auch ihren Arm los und beugte sich weit vor, um ihren Rock sauber zu streichen. Mein Vater hatte etwas zugenommen und der Anzug, den er aus den Untiefen seines Kleiderschranks gefischt hatte, fraß sich geradewegs in seinen Hintern.

Knackig, hatte mein Vater gesagt, als meine Mutter monierte, er solle seine Garderobe noch einmal überdenken, und als er sich jetzt über ihren Rock beugte, drehte sie sich nervös zu den Leuten um und flüsterte, steh auf, aber langsam, sonst bist du für den Rest des Abends ein wenig zu knackig, es gucken schon alle.

Aber die Damen, sagte mein Vater laut, wer wird denn da fremden Herren auf den Popo gucken, und spätestens jetzt guckten wirklich alle. Mein Vater stand auf und drehte sich mit erhobenen Armen um die eigene Achse. Sehen Sie nur, diesen Anzug habe ich seit zwanzig Jahren und er ist noch wie neu und absolut reißfest. So eine Qualität kann man heute nicht mehr kaufen.

Meine Mutter lief feuerrot an und starrte fassungslos auf meinen Vater, der jetzt auch noch ein Bein anhob, um zu demonstrieren, dass die Anzughose unten leicht ausgestellt war. So eine hatte Elvis auch, sagte mein Vater. Der war schon damals teuer, fügte er leise in meine Richtung hinzu. Eng ist in, sagte er jetzt wieder lauter, und ich kann es mir ja leisten, wie ich an Ihren Blicken sehe.

Einige Frauen, die stehen geblieben waren und uns anstarrten, kicherten, ihre Männer betrachteten meinen Vater mit ausdruckslosen Gesichtern und warfen meiner Mutter mitleidige Blicke zu. Mein Vater strich seine Hosenbeine glatt und reichte uns wieder seine Arme. Ich sagte ihm nicht, dass Matsch an seinen Oberschenkeln klebte.

Darf ich Sie zu Ihrem Tisch begleiten, fragte uns ein toupierter Kellner mit einem zu breiten Lächeln und mein Vater sagte, aber gern doch, und der Kellner fragte, Name, und mein Vater sagte, Stratford.

Meine Mutter kicherte und der Kellner suchte lange und fragte dann, mit S, und mein Vater sagte, natürlich, wie denn sonst, und der Kellner suchte noch einmal lange, ehe er sagte, Verzeihung, Sir, Stratford haben wir nicht.

Mein Vater sagte, macht nichts, wir nehmen den da, und er marschierte schnurstracks mit meiner Mutter und mir zur Rechten und zur Linken los und steuerte geradewegs auf einen Tisch zu, an dem noch drei Plätze frei waren.

Der Kellner folgte uns aufgeregt und bevor er etwas sagen konnte, gab mein Vater die Bestellung auf. Für die ältere Miss Stratford bitte einmal den Begrüßungssekt und für die jüngere Miss Stratford bitte einen Beruhigungsschnaps, egal welchen sie haben. Ich selbst nehme einen Rotwein, trocken, und bitte nicht aus den Ardennen.

Ich sah meinen Vater an und der Kellner klappte den Mund wieder zu, sehr wohl, Mister Stratford, Sir, sagte er und dann rauschte er mit klappernden Schuhen durch die Tischreihen davon. Du bist unmöglich, sagte meine Mutter und mein Vater küsste ihre glühende Wange. Miss Stratford, sagte er zärtlich zu ihr, mich hat noch nie jemand *Sir* genannt.

Wie kommt ihr hierher, sagte plötzlich eine Stimme neben mir, und ehe ich die Fassung wiederhatte, sagte meine Mutter, zu Fuß. Bo lachte und sagte, das ist ein ganz schönes Stück, und mein Vater lehnte sich in seine Richtung über den Tisch und sagte, das schaffen doch auch die Schweine, und Bo sagte, wenn sie nicht gerade im Kino sitzen, und bis auf die Dauerwelle neben Bo lachte der ganze Tisch.

Seine Dauerwelle heißt Elsa, flüsterte mein Vater, der ihren Namen auf dem Kärtchen neben dem Suppenteller gelesen hatte, und meine Mutter prustete los, das ist eher ein Name für eine Milchkuh, und ich sagte leise, vielleicht ist sie ja eine.

Wir Stratfords sind solidarisch, sagte mein Vater laut in die Runde und hielt sein Glas vor mein Gesicht, und als wir alle miteinander anstießen, übersah er Elsa, die vier Mal ihr Glas in seine Richtung schwenkte.

Warum bist du nicht immer so, sagte meine Mutter später zu ihm. Sie hatte nicht bloß einen Begrüßungssekt getrunken und war irgendwann traurig geworden davon, und schließlich war sie wieder in dieser Stimmung, bei der zu Hause keine Blumen auf dem Tisch standen.

Mein Vater fragte, wie bin ich denn, und sie sagte, na, so eben nicht, und er strich ihr sanft durch das zerzauste Haar und sagte, da bin ich ja auch kein Sir.

Da weinte sie und er sagte, weil ich dich liebe, und sie weinte noch mehr und sagte, du verstehst nichts, und er sagte zu mir, verstehst du es, Ada, du studierst doch, und da sagte meine Mutter, Ada versteht es auch nicht, sie ist doch wie du.

Ich dachte an die Peking-Ente und das Mint und an Weihnachten und den Wellnessurlaub, und ich dachte daran, dass ich zu Bo gesagt hatte, ich muss weg von dir, weil du Schweine hast. Ich sah meinen Vater an, der zu meiner Mutter gesagt hatte, da bin ich ja auch kein Sir, und ich wusste, dass auch ich immer ironisch wurde, wenn es anderen ernst war, und mein Vater hatte meiner Mutter gesagt, weil ich dich liebe, und nicht einmal das hatte ich Bo sagen können.

Jetzt saß Bo neben mir und er hatte eine Kuh mit Dauerwelle dabei, die an seinem Ohr nestelte oder ihre Hand in seinen Nacken legte, und Bo sah mich an und ich trank mehr als einen Beruhigungsschnaps, aber es half nichts.

Du musst etwas sagen, Ada, sagte Bo leise, sonst ist die Nacht vorbei und noch eine Karte wird dir Siegfried nicht schreiben. Er lächelte mich an und ich stürzte mein Glas in einem Zug herunter und sagte mit schwerer Zunge, gehen wir auf den Friedhof am Sonntag. Elsa stierte Bo an, und mein Vater sagte, ein Spaten ist keine Schaufel, Miss Stratford.

24

Wir haben nie über Elsa gesprochen und auch nicht darüber, dass ich Bo verlassen hatte wegen der Schweine, und wir planten nach wie vor nie mehr als den nächsten Tag und vermieden weiterhin alles, was uns festlegen würde.

Und obwohl die Themen, die wir aussparen mussten, immer mehr wurden, ging es nicht ohne einander, das machte uns krank, und wir hatten es beide erfahren. Die Zeit miteinander fühlte sich so gut an und so richtig, dass wir uns von ihr treiben ließen, und vielleicht hätten wir eine Zukunft gehabt, wenn wir nur ein Mal über sie gesprochen hätten.

Bist du wieder da, hatte Bo während der Hochzeitsfeier leise in mein Ohr gesagt, und ich hatte gesagt, nur, wenn du die Gummistiefel noch hast, meine habe ich dem Nachbarn geschenkt. Bo hatte gelächelt und dieses Lächeln war geblieben die ganze Nacht. Elsa hatte es auch gesehen und sie hatte Bo gefragt, was ist, und Bo hatte gesagt, Ada ist wieder da, und da war Elsa aufgestanden und gegangen.

Ada, hatte Bo gesagt, geh nie wieder weg. Ich bin fast gestorben ohne dich. Und er klammerte sich an meinen Arm wie damals, als er vom Tod sprach. Versprich mir, dass du mich niemals heiraten wirst, sagte ich und Bo lachte laut auf und sagte, was, keine Hochzeitsspielchen? Die sind eine furchtbare Zumutung, sagte ich und Bo sagte, auch keine

Kapelle zum Polkatanzen, und ich sagte, um Himmels willen, und Bo sagte, aber eine anständige Fete im Heu in der Scheune, und ich lachte und sagte, niemals!

Bo stand auf und machte eine tiefe Verbeugung vor mir. Ihr Wunsch sei mir Befehl, Madam, sagte er und nahm meine Hand. Der Saal drehte sich ein wenig vor meinen Augen, was an dem vielen Beruhigungsschnaps lag, der nichts nützte und den ich jetzt schon wieder gebrauchen konnte, aber dies war keine Situation zum Trinken.

Madam, sagte Bo, hiermit halte ich feierlich und vor versammeltem Landadel nicht um Ihre Hand an, und ich verspreche Ihnen hoch und heilig, es auch in einem späteren Leben nie zu tun. Bo küsste meine Hand und steckte mit zwei Fingern keinen Ring an meinen Finger. Der steht Ihnen ausgezeichnet, sagte Bo und ich zog ihn lachend zu mir heran und berührte vorsichtig Bos Wange.

Bo ging einen Schritt zurück und wendete sich an meinen Vater, der gerade einem Freund von Leo die Funktionsweise seines nostalgischen Toasters erklärte. Sir, sagte Bo laut mitten in das Gespräch hinein und mein Vater blickte auf. Oh, der Landwirt, sagte mein Vater und Bo hob sein Glas und rief durch den Festsaal, hiermit halte ich feierlich niemals um die Hand Ihrer Tochter an.

Mein Vater guckte irritiert, dann stand auch er auf und hob sein Glas in Bos Richtung und stieß mit ihm an. Das ist noch mal eine gute Nachricht, sagte er strahlend und meine Mutter lächelte und lallte, Bauern sind so romantisch.

Ein paar Tische weiter schüttelten einige Gäste mit dem Kopf und tuschelten. Meine Mutter nahm Bos Hand und sagte, Ada kann nicht melken. Ada kann auch nicht kochen, sagte Bo und mein Vater sagte, sie hat es im Kopf, und Bo sagte, na, wenigstens etwas.

Bo ließ sich wieder neben mich auf den Stuhl fallen und fragte, zufrieden. Ich hatte drei Schnäpse getrunken auf den Schreck und sagte, es ist mir ernst, und er sagte, mir auch oder denkst du, ich wäre so wahnsinnig, dich zu heiraten?

In dieser Nacht schliefen wir nicht, wir schlossen die Augen nicht einen Moment, und Bo sagte, es wurde Zeit, dass du zurückkommst, und er weinte und flüsterte, nicht einmal Mumps hat so weh getan, und seine Hände berührten mich überall und ich staunte, wie viele Stellen mein Körper hatte.

Als es hell wurde, fragte Bo leise, liebst du mich, Ada, und ich wurde ganz steif und er sagte, ich möchte es hören, nur ein Mal, und mein Nacken brannte und wieder verlor ich die Sprache. Ada, sagte Bo nun etwas lauter, liebst du mich, und ich schloss die Augen und bewegte mich nicht. Schläfst du, fragte Bo sanft, und er deckte meine weißen Füße zu und ging in den Stall.

Du wunderschöner Bauerntölpel, formten meine Lippen tonlos, als die Tür hinter Bo leise knackte, und ich roch an Bos Kissen und an seiner Decke und überall war Bo. Draußen riefen die Kühe und da sagte ich laut in die verbrauchte Luft, ich liebe dich ungeheuerlich.

Als Bo nach einer Stunde wieder ins Schlafzimmer kam, sagte ich, ich muss dir etwas sehr Wichtiges sagen, und Bo sagte, ich will es jetzt aber nicht hören, ich bin Bauer und ich brauche jetzt ein ordentliches Männerfrühstück. Bo, sagte ich, es ist wichtig. Richtig, sagte Bo, und deshalb gehe ich jetzt nach unten und koche Kaffee, denn deinen kann man nicht trinken.

Er zog die Decke vom Bett und stellte im Badezimmer die Dusche an. Das Bad ist bereitet, kleines Blassgesicht, sang er laut und schief durch den Flur und auf der Treppe blieb er stehen und rief laut, Ada, bist du noch da, und ich stand auf und flüsterte, ja.

Unten klapperten Teller und Tassen und der Duft von frischem Kaffee strömte durch das Haus und plötzlich drängte etwas aus mir heraus, eine große Übelkeit oder ein Ersticken, und ich hielt mich an der Wand fest und rief, Bo, und er rief von unten, ich liebe dich auch.

25

Sie hatten darauf bestanden und Bo freute sich über die Einladung. Er hatte sich ein gebügeltes Hemd angezogen und eine saubere Jeans, und er hatte so lange geduscht, dass ich befürchtete, er würde mit dem duftenden Badeschaum einfach durch den Abfluss davonrauschen.

Muss ja nicht jeder gleich riechen, dass ich eine Nachzucht habe, sagte Bo lachend, und ich steckte meine Nase in seine Achselhöhle und flüsterte hinein, hier riecht alles nach Bo, und er hob mich hoch zu seinem Gesicht und sagte, aha, deine Augen sind blau.

Solche Abende sind die Hölle, sagte ich und sah sie schon alle um den gedeckten Tisch sitzen und sich aalen in ihrer Selbstzufriedenheit. Es wird schön, sagte Bo und er klemmte sich eine Flasche seines edlen Rotweins unter den Arm und reichte mir die Hand. Na komm schon, Ada, wir gehen doch nicht zum Schlachthof, und ich dachte, dass dies schlimmer war, denn beim Schlachten redete wenigstens niemand.

Leo öffnete mit einem breiten Lächeln die Tür. Schön, dass ihr da seid, sagte er und nahm mir den Mantel und Bo den Wein ab. Hast du Schweine dabei, fragte er und Bo sagte, eines steht vor mir, und jetzt lächelte Bo und Leo dafür nicht mehr.

Elisabet freute sich, als wir hereinkamen. Sie umarmte

mich und küsste Bo auf die Wange. Du riechst gut, sagte sie und Leo sagte, nach Rind, und ich fragte Elisabet, seit wann hat denn Leo ein Kringelschwänzchen am Hintern, und sie sagte, das hat die Ehe aus ihm gemacht. Ich hole Bier, sagte Leo und verschwand im Keller.

Nimm es ihm nicht übel, sagte Elisabet zu Bo, er meint es nicht so. Doch, sagte Bo, er meint es genau so, aber es hat mit dir nichts zu tun und Leo ist mir egal. Elisabet lächelte verlegen und ich fand es schlimm, dass sie sich schämen musste für Leo, der es nicht einmal merkte.

Es kommen noch zwei Pärchen, sagte Elisabet. Ihr kennt sie nicht. Ein Pärchenabend, was für ein Albtraum, dachte ich und Bo sagte höflich, wie schön, aber an seinem Gesicht konnte ich ablesen, dass ihm Leo reichte und dass er vom akademischen Landadel, wie er Leos Freunde bezeichnete, nichts erwartete, denn wer mit Leo befreundet war, konnte Bos Ansicht nach nur ein Idiot sein.

Was macht die Nachzucht, sagte Leo, als er mit einem Korb voller Flaschen aus dem Keller kam. Der geht es gut und deiner, sagte Bo und Elisabet lachte und strich sich über den Bauch, der sich mittlerweile gut sichtbar nach vorne wölbte.

Es klingelte an der Tür und Leo machte ein wichtiges Gesicht. Da kommen sie, sagte er und ging, um zu öffnen. Ein Arzt und ein Jurist, rief er Bo noch zu und Bo sagte, das ist gut, dann haben wir einen Ersthelfer, wenn wir uns prügeln, und einen juristischen Rat, wenn es um die Folgen geht. Leo grinste und öffnete die Tür. Sie sind schrecklich, flüsterte Elisabet und ich lachte, drückte sie an mich und sagte, wir werden es überleben.

Und wenn nicht, sagte Bo, haben wir zumindest vorher noch gut gegessen, plusterte die Nasenflügel auf und roch in die Küche, Elisabet lächelte und sagte, ich habe Hühnchen gekocht, das magst du doch so.

Sie sah mich von der Seite an und kicherte, außerdem bekommst du bei Ada ja nur verbrannte Tiefkühlpizza, und Bo lachte und sagte, die Pizzen von Ada sind so schwarz wie die Nacht und manchmal legt sie mir eine Nachgeburt von den Schweinen auf den Tisch, die sieht dann genauso aus. Deshalb liebe ich mein kleines Blassgesicht ja so, fügte er leiser hinzu und küsste meine Stirn und Elisabet blickte in die Kochtöpfe und rührte so heftig, dass der Rotkohl über den Rand schoss. Jede Liebe ist anders, Elisabet, sagte Bo und strich ihr über den Kopf, der zuckte.

Ah, du bist der Landwirt, sagte Torben. Ja, sagte Bo, achtzehn Kühe plus Nachzucht. Und Schweine in Schwimmwesten, sagte ich und Torben guckte verunsichert. Schwimmwesten, kicherte es hinter Torben, wie niedlich. Hinter Torbens Schulter erschien ein schmales Gesicht mit roten Haaren und zu großen Augen, das sich mit, Elena, Torbens Frau, vorstellte.

Schwanger, sagte sie und Bo sagte, nein, wie denn auch, und sie sagte, nein, ich bin schwanger, und Bo antwortete, Siegfried auch. Die anderen schwiegen und Leo erklärte, seine Leitsau, und Torben sagte, gut, wenn man so etwas hat. Torben ist Rechtsanwalt, sagte Leo. Scheidungsrecht, ergänzte Torben und sie fixierten Bo, der sagte, wenn Siegfried und ich uns je trennen sollten, weiß ich ja nun, an wen ich mich wenden kann.

Wir setzten uns an den gedeckten Tisch. Wie ist es so als

Landwirt, sagte ein langer, dünnhaariger Typ, der zwischen Leo und Elena saß und bisher nichts gesagt hatte. Er war mit Torben und Elena hereingekommen und ich hatte ihn noch nicht bemerkt. Wie soll es sein, sagte Bo, man melkt, verkauft, kauft ein, füttert, reinigt, besäuft sich abends, geht aufs Klo und putzt sich die Zähne. Während der Vier-Uhr-Talkshow wälze ich die Kataloge der Vermittlungsagenturen, damit sie mir eine hoftaugliche kräftige Frau vorbeischicken, die mit Kühen ebenso kann wie mit Männern und die kocht und flucht wie der Teufel und lange Röcke trägt und blutige Schürzen.

Leos Freunde sahen mich mitleidig an. Ich stelle mir das so ursprünglich vor, sagte die Frau neben dem dünnen Typ und sie sagte, ich heiße Jenna und bin Friedrichs Frau. Ich habe mich noch nie mit einem Landwirt unterhalten. Sie starrte Bo an wie ein Zootier und sagte, Friedrich ist Arzt, promovierter Arzt.

Aha, sagte Bo und blickte Jenna an, ich bin in meiner ursprünglichen Lebensform natürlich gänzlich unpromoviert, aber ich kann euch versichern, dass ich morgens größere Haufen mache als ihr, weil ich mich mehr bewege und mich gesünder ernähre. Das ist wissenschaftlich bewiesen, das wird der Herr Doktor sicherlich wissen. Bo blickte in Friedrichs Richtung, der eifrig mit dem Kopf nickte, und Jenna atmete hörbar aus. Das ist so ekelhaft, sagte sie.

Wenn es für landwirtschaftliche Haufen irgendwann einmal einen Preis gibt, kann mich Ada ja dafür vorschlagen. Bo sah mich an und seine Augen blitzten angriffslustig. Ja, riesige Haufen, sagte ich und meine Stimme gluckste, weil ich mir das Lachen kaum verkneifen konnte.

Elena schob ihren Teller von sich weg. Das Essen war gut, sagte sie zu Elisabet und Leo sagte, Bauern sind so, ihr müsst entschuldigen. Ja, sagte Bo, kennst du einen, kennst du alle, das ist ein ganz sicheres System mit uns Landwirten.

Warum haben die Schweine Schwimmwesten, fragte Elena und Bo sagte, damit sie nicht untergehen, wenn sie ihr Seepferdchen machen. Dann unterhielten sich die anderen über die stetig steigende Scheidungsrate und welch großes Glück das doch sei für die Anwälte. Elena fragte Elisabet nach ihrer Schwangerschaft, und Leo sagte mit geschwollener Brust, der Schuss hat gesessen.

Ich griff unter dem Tisch nach der warmen Hand meines hornochsigen Schweinehirten, und es wurde nicht nass und nicht heiß, und weil wir nur noch eine Hand hatten auf dem Tisch, gab es für uns keinen Nachtisch.

Jenna und Friedrich beteiligten sich kaum an den Gesprächen und wenn Jenna mit Bo sprach, vermied sie fürsorglich alle Fremdwörter und achtete auf einen überschaubaren Satzbau. Auch Friedrich sprach langsamer, wenn er mit Bo redete und Bo sagte später zu mir, die halten mich für gehirnamputiert. Ich lachte und sagte, du blöder Bauerntölpel, und dann rannte ich die Treppe nach oben und Bo jagte mich in sein Schlafzimmer und rief, dann lass den Tölpel mal ferkeln mit dem großstädtischen Superhirn, und er drückte mich in seine Kissen und so wurde der Abend dann doch noch gut.

Nach dem Nachtisch stellte sich diese gesättigte Ruhe ein, die eigentlich angenehm ist, aber in diese steife Runde nicht hineinpasste. Leo wollte ein guter Gastgeber sein und fragte, wie geht es Helena? Friedrichs Augen blitzten, als er sagte, ganz wunderbar, und Jenna fügte hinzu, sie ist etwas dünn.

Elisabet atmete tief ein und hörbar wieder aus und jeder merkte, dass sie schon wusste, was kam und kein Ende nehmen würde. Ich guckte gespannt in die Runde und Jenna öffnete den Mund.

Helena nimmt nicht zu, sagte sie, wir machen uns solche Sorgen wegen des Gewichts. Helena war Jennas und Friedrichs neun Monate alte Tochter und da sie ansonsten nicht viel zu erzählen hatten, füllten sie das Abendprogramm mit ausführlichen Vorträgen über sie.

Ich stille Helena, sagte Jenna, das ist das Beste für ein Kind und sie nimmt einfach nicht zu, obwohl ich genug Milch habe. Friedrich legte ihr den Arm um die Schulter und sagte, guckt euch die Brüste an. Bo sagte, Rinder wachsen auch langsam, da kommt das Fett auf einmal, über Nacht.

Aber es ist doch besser so, als wenn sie so ein fettes Kind wäre, sagte Jenna mit Nachdruck und Elisabet verdrehte die Augen und sagte höflich, ja, dick ist ungesund und nicht schön, und Leo sagte, wenn wir dich erst melken.

Jennas Redefluss endete nicht, ich sah sie an und stellte mir vor, wie Bo sie melkte und die Milch in nichtsterilisierte Eimer kippte, und Friedrich würde ihn an der Schulter packen und schütteln. Du Idiot, hörte ich ihn sagen, und da fragte Jenna, wie ist das bei den Kühen, und Bo sagte, die bekommen keine Milch von der Mutter, die bekommen Pulver, das industriell hergestellt wird, alles andere ist zu teuer.

Die armen Kälbchen, sagte Jenna und Bo fragte, ist dein Kälbchen denn so viel besser dran, wenn es nicht satt wird, weil du so dogmatisch bist, und Jenna schwieg beleidigt. Stillen ist das Allerbeste für ein Kind, sagte Friedrich unterstützend und legte seinen Arm um Jenna, als wollte er sie vor Bo beschützen.

Helena hat jetzt auch Haare, sagte Friedrich. Bo lehnte sich entspannt zurück und sagte, Siegfried auch, sie sind schwarz. Mache ich mich gut, flüsterte er in mein Ohr und ich sagte, du wärst eine prima Hebamme geworden, und da küsste er mich sanft auf mein Ohrläppchen.

Als Jenna uns ihre dritte Brustentzündung detailliert schilderte, hoffte ich, dass der Babysitter bald anrief, weil das Kind an die Tankstelle wollte. Aber es rief niemand an, und so redete Jenna wie ein Wasserfall über ihre Brüste und ihr Kind und Friedrich schilderte nebenbei eine OP, die kompliziert war, und Bo erzählte, wie er einer Kuh den Darm entfernen ließ, und als er den Geruch dabei schilderte, schenkte Leo Wein nach.

Ich erzählte von den Frauen aus England und als ich merkte, dass es niemanden interessierte, dehnte ich den Vortrag aus. Bo verstand es und ergänzte meinen Bericht mit langen Landschaftsschilderungen.

Elisabet verstummte im Laufe des Abends völlig. Sie befürchtete anscheinend, dass die Hormone das aus Jenna gemacht hatten und sie die nächste sein würde. Ich sagte leise zu ihr, du wirst nie so werden, und sie fragte mich, wie kannst du das wissen. Dir reicht doch so etwas nicht, sagte ich und dachte daran, dass Leo an sich schon ein Kompromiss war, den sie einging, und ich war mir sicher, dass es mehr Kompromisse in ihrem Leben nicht geben würde.

Seitdem das Kind da ist, kann man ja nicht mehr so viel unternehmen, sagte Friedrich und blickte stoisch in die Runde, und Jenna legte ihre Hand auf seine und sagte, aber wir haben uns doch so ein schönes Nest gebaut, und ich fragte mich, warum sie nicht einfach auch heute Abend in ihrem Nest geblieben waren und brüteten, anstatt hier zu sitzen und alle mit ihrer einfältigen Zufriedenheit zu langweilen.

Um elf drehte Leo die Musik lauter und Jenna redete dagegen an, damit wir hören konnten, wann der erste Brei gefüttert wurde, und als sie um Mitternacht einen Stapel Fotos auspackte, die dasselbe Baby von allen Seiten zeigten, Helena mit Zahn und ohne und mit einem verzerrten Gesicht, das uns sagen sollte, hier wächst ein Zahn, stand ich auf und sagte, ich muss melken. Leo guckte irritiert und Elisabet flüsterte, schade, dass wir keine Kühe haben.

26

Ich hatte den Telefonstecker wieder hineingesteckt und Bo rief an. Ich muss doch wissen, ob du noch da bist, sagte er und ich sagte, wo soll ich denn hingehen, ich kann dich doch nicht allein lassen mit deiner Nachzucht, und Bo sagte, schön, denn wo bliebe ich denn ohne dein ländliches Geschick.

Manchmal reichte das Wochenende nicht, um nicht über das zu sprechen, was nicht funktionierte, und dann riefen wir uns an und schwiegen in den Hörer und lauschten auf den Atem am anderen Ende der Leitung. Sagen konnten wir nichts, denn das, was wir dachten, stand auf dem Index der verbotenen Themen ganz oben und irgendwann sagte Bo, ich muss melken, oder ich sagte, ich muss los, und dann legten wir auf. Manchmal dachten wir auch gar nicht nach über das Wesen der Dinge, dann dachten wir nur aneinander und in so einem Manchmal rief ich Bo an und sagte, kannst du kommen, ich möchte mit Siegfried in die Oper. Was soll sie dort, sagte Bo, sie bekommt einen Kulturschock und dann ist meine Leitsau hin. Ich sagte, Siegfried ist mental so unterentwickelt, das stinkt doch zum Himmel, und Bo sagte, wie heißt die Oper.

Er hatte sich einen Stallhelfer besorgt und eilig ein paar Sachen eingepackt. Dann war er in sein riesiges Auto gestiegen und zu mir in die Stadt gefahren. Ein Bauer in meinen weißen Wänden, sagte ich, als er vier Stunden später vor der

Tür stand, und Bo sagte, hier gibt es keine Bäume, kein Wunder, dass du so blass bist.

Er warf seine Tasche in die Ecke und sagte, ich will deine Wohnung nicht ansehen, zeig mir dich, und ich sagte, nach der Oper, und Bo fragte, dauert die länger als ein Film. Seine Hände waren plötzlich überall und wir schafften es gerade noch rechtzeitig zum ersten Akt, während der Ouvertüre mussten wir noch unsere Haare richten. Das also ist deine Oper, sagte Bo und sein Gesicht strahlte und er nahm meine Hand und die Musik wurde vielfarbig.

Wir saßen in der letzten Reihe, alle anderen Plätze waren zu teuer, und wir sahen nicht viel, aber Bos Augen wanderten unruhig durch den gewaltigen Saal. Er atmete tief ein und seine Hand wurde nass und ich dachte, wie sehr ich dich liebe, und ich sagte, deine Hand ist ganz nass.

Während des zweiten Akts wurde Bo ruhiger, er hatte meine Hand nicht losgelassen und ich sah nicht viel von der Oper, was nicht nur an der Entfernung lag. Ich hatte sie schon so oft gesehen, aber sie war nie so wundervoll wie an diesem Abend. Bo war ganz eingenommen von ihr, er bewegte sich gar nicht mehr, und am Ende des zweiten Akts sah ich zu ihm und Bo war eingeschlafen.

Bo, sagte ich und schüttelte ihn, er bewegte sich nicht und sein Mund klappte auf und er schnarchte und grunzte. Bo, sagte ich ein wenig lauter, und die ersten Leute vor uns drehten sich mit verständnislosen Gesichtern um. Bo wurde nicht wach, nur sein Schnarchen wurde lauter, und in der kleinen Atempause zwischen den Schnarchern zog er laut zischend die Luft ein. Ich sagte noch lauter, Bo, da riss er erschrocken die Augen auf.

Orientierungslos sah er um sich, und als ich seine Hand nahm, um ihn zu beruhigen, rief er laut durch den Opernsaal, die Ferkel müssen aus dem Wasser, anschließend sank er in seinen Sessel zurück und wurde richtig wach. Mittlerweile hatten sich alle Besucher zu uns umgedreht und schimpften und murmelten in unsere Richtung. Ich wurde rot und sagte leise, Entschuldigung.

Bo sagte zu der Frau vor sich, Ihr Hut ist so groß, ich sehe nichts. Sie drehte sich wieder nach vorne und reckte ihren Hals noch ein wenig mehr in die Höhe. So eine Frechheit, hörte ich sie leise sagen, und Bo beugte sich vor und zu ihr hin und flüsterte, Sie haben so viel Obst auf Ihrem Hut, ist das ein Erntedankhut, und die Frau reckte die Nase nach vorn und starrte auf die Bühne.

Warum tust du das, sagte ich und Bo sagte, sie hat doch angefangen. Du hast geschnarcht und gegrunzt, sagte ich und Bo sagte, davon habe ich nichts gehört. Es gefällt dir nicht, flüsterte ich und Bo sagte, ich bin um fünf Uhr aufgestanden, der Besamungstechniker war da und ich hatte einen Rohrbruch im Schweinestall. Bevor ich losgefahren bin, musste der elektrische Weidezaun noch repariert werden und der Stallhelfer ist ein Alkoholiker. Ada, ich bin vier Stunden hierhergefahren und meine Augen wollten einfach nur zu sein für einen Moment. Sie haben sich den falschen Moment ausgesucht, sagte ich, stand auf und ließ Bo zwischen seinem Weidezaun und dem Rohrbruch in der Oper sitzen.

Als ich meine Wohnung erreichte, stand ein riesengroßes schmutziges Auto direkt vor der Haustür und ein gelber Strafzettel klebte hinter dem rechten Scheibenwischer. Da passen vier Kühe rein, hatte Bo gesagt und jetzt hatte er es hier in meinem Leben geparkt, ohne Kühe, mitten im Halteverbot.

Bo war nicht hier. Ich ging um das Auto herum und berührte die Griffe seiner Türen und ich wusste, dass Bo nicht mehr in meine Stadt kommen würde. Wir mussten uns jetzt entscheiden und vielleicht war die Entscheidung schon gefallen, im ersten Akt, durch die Blicke der Frau in der Bankreihe vor uns.

Es ging nicht mit Bo und es ging auch nicht ohne Bo. Ich wartete die ganze Nacht darauf, dass Bo vielleicht doch noch kommen würde. In meinen Kissen war sein Geruch und ich legte meine Nase hinein, aber Bo war nicht mehr da. Er sollte kommen, mit einer Lösung, einer Zukunft, einer Idee wenigstens für den nächsten Tag.

Aber er war noch am Abend wieder zurückgefahren und als es schon hell wurde, griff ich zum Telefon und rief Bo an. Was willst du, sagte er müde in den Hörer. Du bist nicht mehr zurückgekommen, sagte ich und Bo sagte, nein. Ich sagte, was machen wir jetzt, und Bo sagte, ich muss melken, und du. Ich sagte, ich nehme den nächsten Zug. Der wird dich auch nicht in mein Leben bringen, sagte Bo und ich sagte, nein, aber zu dir und dann bin ich nicht mehr so blass. Bo lachte matt und sagte, bei mir ist das umgekehrt. Ich habe bei dir alle Farbe verloren. Bo, sagte ich und Bo sagte, bis später, Ada.

Als ich bei Bo ankam, dröhnte mir *La Traviata* entgegen. Die Oper war ohrenbetäubend laut und kam aus dem Kuhstall und ich fragte mich, ob die Kühe keinen Hörsturz bekamen. Bo stand mit einer Heugabel im Stall und schaufelte

Mist im Takt, und die Stimmen aus dem Lautsprecher waren so laut, dass er keine Geräusche machte.

Hallo, formten Bos Lippen. Ich lächelte ihn an und er sagte, die Oper ist zu mir gekommen, nett, was? Er strahlte und sagte, hier höre ich sie, stelle mir vor, wie du neben mir sitzt und meine Hand streichelst und wie eine Frau mit Erntedankfesthut im Wassertrog sitzt und mich böse ansieht, während ich schlafe, und ganz nebenbei kann ich den Stall sauber machen.

Wo hast du die her, fragte ich und Bo sagte, einen Plattenladen gibt es sogar im Leben eines Bauern. Er kam auf mich zu und küsste mich, und er sang die Oper mit auf Italienisch oder dem, was er dafür hielt, falsch, schief und laut. Er ließ die Heugabel fallen, umfasste meine Hüfte und begann, mit mir im Stall zu tanzen. Atemlos drückte er mich in die Futterkrippe und als er sich dazulegte, machte das Silo unter mir knirschende Geräusche.

Ada, sagte Bo später, ich brauche das nicht. Diese aufgeputzten Leute und Frauen mit Hüten vor mir und dieses Geradesitzen und ein Fernglas vor die Augen halten. Ich brauche Siegfried und die Angst vor Euterentzündung und Klauenseuche, und manchmal am Abend, da brauche ich ein kleines bisschen auch dich und dein kulturelles Genörgel.

Ich brauche keine Schweine, sagte ich und Bo sagte, ich bin kein Schwein. Was für ein Glück, sagte ich und er fragte, brauchst du mich, Ada, und ich sagte, was heißt brauchen.

Ich dachte daran, dass ich nie jemanden gebraucht hatte, und dass mir auch nie jemand gefehlt hatte, und Bo sollte das nicht ändern. Ich sagte, stell nicht solche Fragen, und Bo sagte, was für Fragen, und sein Blick versuchte, meinen zu halten.

Ich brauchte Bo nicht, um das Leben und Schaffen der Frauen aus England zu Papier zu bringen, ich brauchte ihn auch nicht, um einen Alltag zu haben, ich konnte ohne Bo ins Kino gehen, und die Oper war ruhig und weniger peinlich, wenn Bo nicht dabei war. Ich brauchte ihn nicht, um an den Wochenenden auf den Friedhof zu gehen, im Gegenteil, ich brauchte auch den Friedhof nicht. Ich brauchte Bo eigentlich auch nicht, um ein Leben zu haben, was auch immer das genau bedeuten mochte. Ich brauchte Bo überhaupt nicht.

Ich stand Bo in der Küche gegenüber, als ich merkte, dass ich ihn nicht brauchte, und er wartete geduldig auf eine Antwort. Ich brauche dich nicht, sagte ich. Bo lächelte matt und sagte, ich weiß, aber es wird sich nie jemand an dein Leben erinnern, wenn das so weitergeht. Er sah mich an und ich wusste nicht, was das sollte. Warum, sagte ich und er flüsterte, weil du in deinem Leben keine Zeugen zulässt.

Ich brauche keine Zeugen, sagte ich und Bo sagte, Ada, wenn ich nur wüsste, wann du dir so abhandengekommen bist. Das Leben ist doch kein Gericht, sagte ich und starrte auf meine Füße. Wir standen uns gegenüber und sagten nichts weiter. Bo hatte seine Hände in die Taschen seines schmutzigen Stalloveralls gesteckt und lehnte an der Spüle.

Ich spürte, dass er mich ansah. Ich konzentrierte meinen Blick auf eine große, schwarze Fliege auf dem Fußboden und sagte, starr nicht so, du Bauer, da flüsterte Bo, erlaubst du mir, dass ich dich weiterhin ein bisschen liebe, so auf meine ländliche Art. Keine Zeugen, dachte ich und ich sagte, anders haben wir es ja nicht hinbekommen. Ich ging zu Bo und legte meine Arme um seinen Nacken und sog tief seinen Duft ein.

In diesem Augenblick wurde mir klar, wie klug Bo war, und dass seine Klugheit eine andere war als meine. Bo hatte sein Wissen aus dem Leben und irgendwie auch aus dem Herzen. Ich hatte meines aus Büchern und es konnte doch nicht gut gehen mit uns, und während mir sein Geruch in die Nase stieg, flüsterte ich Bo ins Ohr, du bist so dumm, Bo, und er lachte und flüsterte zurück, und du erst, Ada.

27

Es werden zwei, sagte Elisabet und Bo lachte und schob ihr eine weitere Tasse Tee über den Tisch. Ist doch super, sagte er und mir stand vor Schreck der Mund offen. Hoffentlich hat sich Leo nicht geklont, sagte ich und Elisabet sagte, daran habe ich auch schon gedacht. Ich brauche einen Stallhelfer, sagte Bo, damit ich hin und wieder in der Oper mein Schlafdefizit ausgleichen kann. Richte deine Kinder doch früh ab dafür, dann sind sie beschäftigt.

Elisabet lachte und ich stellte mir zwei Miniatur-Leos vor, die durch Bos Stall rannten und Siegfried fragten, bist du Arzt, promovierter Arzt, und als ich Elisabet ansah, bemerkte ich, dass sie weinte. Wie soll ich das schaffen, sagte sie. Leo ist doch nie zu Hause. Wir sind doch auch noch da, sagte Bo und setzte sich zu Elisabet und nahm sie in den Arm. Sie legte ihren Kopf auf seine Schulter und weinte noch mehr.

Wir helfen dir, ich bin eine Supermama, hab schon aus so manchem Ferkel ein recht ordentliches Schwein gemacht, sagte Bo und Elisabet lachte in ihre Tränen und er sagte, zum Glück haben sie keine Gene von Ada. Elisabet lachte noch mehr und flüsterte mit erstickter Stimme, dann würden sie Bücher essen und abgelaufene Dosen, und Bo flüsterte zurück, und sie würden nachts heimlich Zahnpasta in meine Vorhänge schmieren. Ich wurde rot, denn ich wusste nicht, dass er es bemerkt hatte.

Ich beneidete Bo in Momenten wie diesen um sein Feingefühl und um die richtigen Worte, die wie selbstverständlich aus seinem Mund kamen. Ich verstand die Lage, konnte mich in Elisabet hineinfühlen, ihren Schmerz spüren und ihre Angst. Sagen konnte ich ihr aber nichts, was denn auch, ich glaubte nicht daran, dass es gut wurde, und ich wusste, dass auch Bo nicht daran glaubte, aber er sagte es ihr nicht, und ich wusste, dass das richtig war.

Bo war selbstverständlich, er kam aus den Feldern, er war richtig und hatte seinen Platz in seinem Leben und immer mehr auch in meinem, und er vereinnahmte mich mit dieser Selbstverständlichkeit, vor der ich mich nicht schützen konnte, und das stand Bo nicht zu, aber wie sollte ich ihm das sagen.

Mein Wesen hatte ich mir von anderen aus Büchern geliehen. Es stand in keinerlei Verbindung zu mir und berührte auch sonst niemanden. Es ließ sich ausdrücken in guten Zensuren, es spiegelte sich in den neidischen Gesichtern der anderen, denen es unmöglich wurde, mit mir befreundet zu sein, und es ging niemandem ins Herz. Ich fragte mich, ob ich selbst jemanden berühren konnte, ob jemandem etwas fehlte, wenn ich nicht mehr wäre, und ob dann etwas von mir bliebe.

Die Frauen aus England, dachte ich, mit ihren schicken Hüten und ihren Porzellangesichtern, ihrer Anfälligkeit und heimlichen Einsamkeit, sie würden bleiben und Rosen einkaufen und auf geputzte Tische stellen. Romanfiguren, die vielleicht niemals gelebt hatten, waren meine Hinterlassenschaft, und auch die waren nur geliehen, und meine Sprachlosigkeit füllte keinen Raum, nahm keinen Platz ein, nicht in meinem Leben und nicht in dem der anderen. Ich schluckte und verstand, was Bo gemeint hatte, als er sagte, dass ich keine Zeugen zulasse, dabei wollte Bo mehr sein, er wollte mein Gefährte sein, aber er hatte nur Zeuge gesagt, und selbst das hatte ich ihm nicht sein können.

Mein kluger hornochsiger Schweinehirte, sagte ich laut in die Küche und mein Blick ging an Elisabet vorbei zu Bo, der erstaunt die Augenbrauen hob. Ich verließ die Küche, denn ich wollte mit dem Durcheinander in meinem Kopf alleine sein. Als ich draußen stand und mir der Geruch von Mist und Sonne entgegenwehte, empfand ich den Mist als störend und die Weite vor meinen Augen, so gänzlich ungebrochen von hohen Häusern und ratternden Straßenbahnen, als beengend.

Ich wischte meine Gedanken weg, schließlich war es egal, was blieb, denn das Leben war jetzt, und das Surren und Summen der Mistfliegen vor meinem Gesicht verengte nur den Blick und meine Welt war das sicher nicht.

Ich hob meinen Kopf hoch und sagte laut in den Vormittag, dieser Gestank bringt mich ganz durcheinander, und mir tat Bo leid, der ja noch nicht einmal wusste, was ihm fehlte, und ich sah auf meine Gummistiefel und dachte an den Hundehaufen darunter und wieder wusste ich sicher, dass dies mein Leben nicht war.

Wie schön, rief meine Mutter, ich werde stricken für die Babys und dein Vater kann gleich anfangen, dein altes Spielzeug vom Dachboden zu holen. Ich bereute, ihr von Elisabet erzählt zu haben, doch nun war es zu spät und mein Vater ließ seine Zeitung sinken, funkelte mich an und grunzte ein paar unverständliche Laute.

Sie sind noch nicht einmal geboren, sagte ich zu meiner Mutter und sie sagte, aber das werden sie, zwei kleine Leos. Ich hob die Schultern und mein Vater sagte, die hättest du auch haben können, und meine Mutter sagte, stell dir das nur vor, und da sagte mein Vater, für Ada sind Schweine genau richtig.

Ich blickte ihn verwundert an und er flüsterte in seine Zeitung, sonst hört sie den ganzen Tag nicht mehr auf, und ich lachte und fragte mich, wie sie es miteinander ausgehalten hatten so viele Jahre. Will Bo Kinder, fragte meine Mutter, ich sagte, weiß nicht, und mein Vater grunzte, der hat doch genug Ferkel, und meine Mutter schimpfte aus der Küche, das ist doch nicht das Gleiche. Frag lieber, ob Ada Kinder will, sagte mein Vater und meine Mutter sagte, Ada weiß nicht, was sie will.

Das stimmt nicht, sagte ich wütend, aber ich wusste, dass meine Mutter nicht ganz falsch lag, denn ich wusste, was ich nicht wollte, und das waren Kinder und ein eigener Herd und eine planbare Zukunft mit Schweinen und Weizenfeldern, und ich wollte nicht wissen, was morgen kam, und ein Übermorgen gab es nicht in meiner Vorstellung, aber ich wusste nicht, was ich wollte. Ich weiß genau, was ich will, sagte ich stur und meine Mutter sagte, behalt es für dich, ich will mich heute nicht aufregen, der Tag ist so schön.

Meine Stratfords, sagte mein Vater, zieht euch an, wir machen einen Spaziergang, und er sprang auf und schob uns in die Garderobe. Er hatte wieder dieses Hochzeitsgesicht, meine Mutter sah es auch und ihre Augen leuchteten. Die letzten Sonnenstrahlen fielen auf unsere Köpfe, mein Vater legte seine Arme um uns und wir liefen plaudernd nebeneinander und meine Mutter lachte viel. Ich spürte, dass dies ein Abend mit Blumen sein würde, und ich sah, dass mein Vater es schaffte, sie zum Leuchten zu bringen, und auch er hatte mir etwas voraus.

28

An einem Mittwoch, der seinen trüben Novemberhimmel vor das Fenster gehängt hatte, kam mir ohne Vorwarnung die Erkenntnis, die alles verändern sollte. Ich saß in unserem Arbeitszimmer in der Uni, mir gegenüber hämmerte Wolff tonlos in die Tasten und die Luft war verbraucht. Keiner von uns öffnete das Fenster, diesen nassen November wollten wir beide draußen lassen, auf der anderen Seite der Scheibe.

Ich saß vor meinem Computer und las mich durch meine Notizen und versuchte, meine Arbeit wieder aufzunehmen. Ich war so konzentriert wie in den letzten Wochen lange nicht mehr. Ich hatte die Bücher über Landwirtschaft beiseite gelegt und auch an Bo dachte ich nicht an diesem Morgen. Trotzdem verloren sich meine Gedanken ständig in den grauen Himmel, schon den ganzen Vormittag saß ich vor dem flackernden Bildschirm, und die einzige Taste, die ich betätigte, war die Escape-Taste, um den automatischen Bildschirmschoner zu deaktivieren.

Kleine Schweine rasten über den Bildschirm, wenn die Pause zu lang war. Bo hatte sie mir per E-Mail geschickt und an diesem Morgen rannten sie in regelmäßigen Abständen durch das Grau meiner stagnierenden Gedanken. Nach zwei Minuten fingen sie laut an zu grunzen und im Hintergrund stimmten Kühe ein in ihr Geschrei; als ich es merkte, blickte

Wolff mich an und in seinen Augen stand eine Mischung aus Verachtung und Besorgnis.

Es sind bloß Schweine, sagte ich und er sagte, und Kühe, dann haute er wieder in die Tasten und ich dachte, dass Menschen wie Wolff keinen Bildschirmschoner brauchten. Wolff, sagte ich, was ich geschrieben habe, meine Theorie und meine Thesen, das alles macht keinen Sinn. Wolff blickte kurz auf. Aha, sagte er, und nun. Es ist falsch, sagte ich und rollte die vielen Textseiten auf dem Monitor auf und ab. Kein Wort davon stimmte mehr. Dann mach es anders, sagte Wolff und er senkte den Kopf und wieder hauten seine Finger auf den Rechner, was wie ein altes Spiel klang, bei dem Kinder einen Holzkreisel mit kleinen Stöckchen antrieben.

Mach es anders, dachte ich. Es ging nicht anders, es hatte nie ein Anders gegeben, nicht gestern, nicht vor hundert Jahren, und würde es morgen plötzlich eines geben, wäre alles durcheinander, nicht nur meine Arbeit, nicht nur die Frauen aus England.

Die Frauen aus England hatten eine Bedeutung, sie lebten nicht für sich, sie lebten für andere, ihre Ehemänner, ihre Mütter, für die kleinen unwichtigen Dinge, die sie verrichteten und durch die sie sich wahrnehmen und als lebendig erleben konnten. Ich lebte für niemanden, nicht einmal für mich selbst. Wie ins All geschossen, existierte ich vor mich hin, klammerte mich an meine Arbeit, die getragen wurde von einem verrückten Professor und von Wolff, der zwei verschiedene Augen hatte, die mich nie ansahen.

Bo hatte sich unaufgefordert in meine Flugbahn gestellt und die Frauen aus England zum Schweigen gebracht. Siehst du denn nicht, wie bedeutungslos das alles ist, stand in seinem Gesicht geschrieben, das von der Sonne gebräunt war, und er füllte das Loch, das er gerissen hatte, mit etwas anderem, mit Luft, mit Sehnsucht und mit einem Teil von ihm, der ausschließlich mir galt. Er zeigte mir, aus wie wenig mein Leben bestand und wie brüchig es war und wie viel er von mir hielt, auch ohne meine Frauen aus England.

Mein Wert stieg in Bo und durch Bo, und ich wollte ihm etwas davon zurückgeben, aber Bo stellte seinen Wert nie in Frage und für Bo bestand meine Aufgabe einfach nur darin, bei ihm zu sein. Du und deine kleinen Hände, ihr gehört doch hierher, hatte er zu mir gesagt.

In diesem Moment erkannte ich, dass es heute nicht anders war als früher, dass wir noch immer so lebten wie die Frauen aus England, und dass es nicht falsch war und nicht richtig. Denn wir fühlten uns nicht wegen Menschen wie Bo leer, sondern dadurch, dass wir nach ihnen suchten und dass es uns unmöglich geworden war, mit ihnen zu leben, selbst wenn wir sie fanden.

Du bist eine Suchende, Ada, hatte Bo zu mir gesagt, und ich hatte gelacht und an Ostern gedacht und gefragt, und was suchst du? Ich suche nicht, ich finde, hatte Bo geantwortet, und mein traurigster Fund bist du.

Ich fuhr den Rechner herunter und sah Wolff an. Die Stöckchen schlugen gegen den Kreisel und ich konnte mir Wolff als Kind nicht vorstellen, vielleicht war er nie eines gewesen. Wie immer blickte er nicht ein einziges Mal auf, und während mein Monitor dunkler wurde, sagte ich, es sollte eine historische Arbeit werden, aber es ist doch heute noch immer so.

Wolff sah an mir vorbei und sagte in das Fenster hinter mir, so ist es immer, es ändert sich nichts mehr, und ich sagte, Wolff, hast du mir zugehört.

Nein, sagte Wolff in die Scheibe, die beschlagen war von dem Nebel draußen und der schlechten Luft drinnen. Ich sammelte meine Notizen vom Tisch ein, steckte ein paar Bücher in meine Tasche, knallte ihm ein dickes Buch über ökologischen Ackerbau auf den Tisch, dass es krachte, und verließ unser Arbeitszimmer.

Auf dem Weg nach Hause dachte ich über meine Arbeit nach und darüber, dass ich sie nie in Frage gestellt hatte. Jetzt kam mir alles, was ich bisher geschrieben und gelesen hatte, falsch vor, banal und zurechtgestutzt, und ich wusste nicht, warum, und was daran nicht mehr stimmte. Ich fand keine Lösung, bis ich im dritten Stock angekommen war.

Da fiel es mir ein und mir wurde klar, dass ich meine Arbeit nicht weiterschreiben konnte oder sie noch einmal neu schreiben musste, denn so, wie sie jetzt war, vertrat sie eine Wahrheit, die keine war und an die alle glaubten. Ich selbst hatte ihr vertraut. Aber jetzt war sie entblättert, und ich würde ihr eine andere Wahrheit entgegensetzen müssen, und gleich morgen wollte ich es Professor Röslein sagen und ich dachte daran, dass nicht einmal er verrückt genug war einzuwilligen.

29

Es sind doch bloß Bücher, reg dich nicht so auf, sagte Bo. Ich stöhnte in den Hörer und sagte, und in deinem stinkigen Stall, da stehen bloß Kühe, und Bo sagte, entschuldige, aber ich habe das Problem nicht verstanden, was meinst du mit gestorben. Die Frauen aus England, sagte ich, sie sind nicht vergangen, es ist keine Arbeit über einen vergangenen Zustand, eine unemanzipierte Spezies, die es einmal gab und die wir heute in romantischen Filmen belächeln. Das sind noch immer wir im Hier und im Heute.

Ada, sagte Bo, dann schreib das in deine Arbeit und gib Ruhe. Aber das geht nicht, weil das niemand für die Wahrheit hält, du verstehst nicht, was das bedeutet. Es stellt alles auf den Kopf, meine Stimme war laut geworden und ich umklammerte den Telefonhörer so fest, dass ich einen Krampf bekam. Bo sagte, du nimmst das viel zu ernst, und ich schrie Bo an, ich habe einen Krampf wegen dir und deinem Unverständnis. Ich bin eben ein Bauer und keine Frau aus der Großstadt, sagte Bo, komm zu mir und erklär es mir und dann gehen wir beide ganz romantisch Mist schaufeln und lieben uns vor Siegfried, die vor Eifersucht Eier legen wird.

Da legte ich auf und dachte zum ersten Mal darüber nach, was mein Leben war. Ich fand keine Spuren von mir, und ich fand keine Spuren von Bo. Nichts lag vor mir und nichts lag hinter mir und morgen würde ich zu Professor Röslein gehen und ihm die Möglichkeit geben, mich wieder zurück ins All zu schießen mit einer veränderten Flugbahn.

In die gefühlte Leere mischten sich Füßejucken und Harndrang und Bos Gesicht tauchte in der Scheibe des Küchenschranks auf. Ich streckte meine Hand aus und berührte das Glas, das kalt war und glatt, und da wusste ich, was Sehnsucht bedeutete und dass es nicht stimmte, dass ich niemanden brauchte.

Es klingelte an der Haustür und mein Herz sprang, als ich öffnete, doch da stand nur Elisabet mit einem ausladenden Bauch und einem verheulten, aufgedunsenen Gesicht. Sie schob mich beiseite und ging wortlos an mir vorbei in den Flur, stellte ihre Tasche in eine Ecke des Schlafzimmers und zog ihren Mantel aus. Was ist los, sagte ich, du siehst furchtbar aus, und Elisabet sagte, kann ich bleiben, und ohne eine Antwort abzuwarten, ließ sie sich auf mein Bett fallen. Um sie herum fraß sich eine tiefe Kuhle in die Matratze, ihr Bauch sah aus wie ein Vulkan und ich hoffte, dass er nicht ausbrechen würde, während sie hier war.

Wenn der Vulkan nicht hier ausbricht, sagte ich und Elisabet richtete sich auf und sah mich fragend an. Ich habe ihn verlassen, sagte sie und begann zu weinen. Fehlt er dir, fragte ich und sie sagte, nein, aber ich weiß nicht, was nun und wie das gehen soll mit den Kindern.

Was hat er getan, fragte ich und Elisabet sagte, Leo liebt mich nicht. Mehr sagte sie nicht und ich wunderte mich, dass sie das nicht früher gemerkt hatte. Er hat Affären, sagte ich und sie nickte stumm und sagte, ich weiß und ich bin es ihm nicht mehr wert, es heimlich zu tun. Sie sah mich an und ich fühlte das Unverständnis in meinem Gesicht, denn es machte für mich keinen Unterschied.

Es ist eine Frage der Achtung voreinander, sagte sie. Solange er es heimlich macht, bin ich es ihm wert, dass ich es nicht weiß. Er nimmt Rücksicht aus Respekt. Jetzt ist es anders, es ist ihm völlig egal, ich bin ihm egal. Die Frauen rufen sogar bei uns zu Hause an und fragen mich, wo Leo ist und wann er wiederkommt, und eine weinte und wollte herkommen. Und da war es genug, ich habe meinen Koffer gepackt und bin gegangen.

Elisabet schneuzte laut in ein schmutziges Taschentuch, das sie neben mein Bett auf den Fußboden warf, und sah an die Zimmerdecke. Ihre Bauchdecke wölbte sich nach oben und es schien, als bewegte sie sich eigenmächtig, vielleicht ballte sich schon eine kleine Faust oder trat ein kleiner Fuß.

Und der Vulkan, fragte ich und deutete auf ihren Bauch mit dem seltsamen Eigenleben. Elisabet weinte wieder und sagte, sie werden ohne Vater aufwachsen, das muss gehen irgendwie. Ich dachte an meinen Vater und stellte mir vor, wenn nur meine Mutter da gewesen wäre, ohne ihn, und wir wären nie die Stratfords gewesen. Ich konnte nicht sagen, was gefehlt hätte, aber ich fühlte ganz deutlich, dass es viel war, und ich dachte an Bo und sagte zu Elisabet, nimm deinen Vulkan und zieh zu Bo.

Ada, sagte Elisabet, Bo ist dein Freund, er will, dass du dort einziehst und nicht ich. Niemals, sagte ich, was soll ich zwischen den Schweinen und Kühen und bei Nachbarn, die mit der Schnapsflasche wedeln und über das Wetter plaudern am Gartenzaun. Elisabet lachte auf und sagte, du wirst dich niemals ändern, und ich sagte, was hältst du davon, du verstehst dich doch gut mit Bo, und sie sagte, du bist doch verrückt, Ada. Ich werde Bo fragen, sagte ich und stellte mir vor, wie sehr er sich freuen würde, dass ich ihm eine Frau für den Hof beschafft hatte, eine mit zwei Kindern, die er von mir ja sowieso nicht bekommen würde, und eine, die Rotkohl kochen und Kuchen backen konnte, ohne dass etwas in Flammen aufging. Ich freute mich auf sein Gesicht und ich dachte, all unsere Probleme gelöst zu haben.

Ruf ihn an, sagte Elisabet, und wenn es nicht geht, wird sich etwas anderes finden, und ich griff zum Hörer und wählte Bos Nummer. Als ich am anderen Ende seine Stimme hörte, schlug mein Herz schneller und ich sagte, Elisabet wohnt ab morgen bei dir und ihr Vulkan auch. Bo lachte und sagte, welcher Vulkan, und ich nickte Elisabet zu und sagte leise am Telefon vorbei, Bo ist außer sich vor Freude, aber du musst ihm am Abend Blaubeerpfannkuchen backen, und sie lächelte und flüsterte, Pfannkuchen.

Geht das, sagte ich und Bo fragte, was, und ich sagte, dass Elisabet bei dir wohnt, und Bo lachte. Jede Frau, die hoftauglich ist und ordentlich mit ihrem kräftigen Hintern wackeln kann, ist mir recht, sagte Bo und ich sagte, danke, Bo, und da war es still am anderen Ende der Leitung und Bo hatte erst jetzt verstanden, wie ich es meinte.

Er atmete schwer in den Hörer und sagte, hör mal, Blassgesicht, mit uns beiden wird das aber nichts zu tun haben, bilde dir das bloß nicht ein. Was denkst du denn, du Bauerntölpel, sagte ich und Bo sagte, davon wird es auch nicht gut. Aber besser als vorher, sagte ich und legte auf.

Der Bauerntölpel ist einverstanden, sagte ich zu Elisabet

und sie guckte mich streng an und sagte, sag so etwas nicht, und ich dachte an Euterentzündung und kaputte Weidezäune und an die stinkigen Eintöpfe, die Bo aß, und daran, wie Bo laut gegen *La Traviata* angeschnarcht hatte und wie mir Silage am Rücken klebte.

Stimmt doch, sagte ich und Elisabet schüttelte den Kopf und sagte, was willst du denn eigentlich, Ada. Sieh dir die anderen doch mal an. Sie sind wie Leo oder Friedrich, Arschlöcher oder langweilige Nesthocker. Bo ist anders. Bo hat Schweine, sagte ich und mein Vater lächelte aus weiter Ferne hinter seiner Zeitung und ich hörte ihn flüstern, mein Reden.

30

Heute wird ein Kind beerdigt, sagte Bo und er band sich die Krawatte schief um den Hals. Ich muss auf der rechten Seite laufen, die Eltern haben auf vier Sargträgern bestanden, obwohl der Sarg so klein ist, den könnte ich allein tragen. Vier Sargträger, das ist teuer. Bo sah mich an und ich sagte, ich komme mit, und er sagte, nein, Ada, bleib bei Elisabet, es geht ihr nicht gut.

Was war mit dem Kind, sagte ich und Bo zuckte die Schultern. Weiß nicht, sagte er, die Leute sagen, es habe den falschen Vater gehabt, aber die Leute sagen viel. Wir werden immer auf sie aufpassen, sagte Bo leise und ich wusste, dass er an die ungeborenen Kinder dachte, die Elisabet im ersten Stock durch das Haus trug. Ja, sagte ich und wir vermieden es, uns anzusehen, denn *immer* gehörte zu den Wörtern, die wir aus unserem gemeinsamen Wortschatz gestrichen hatten.

Als Bo losgefahren war in seinem riesigen, schmutzigen Auto, kochte ich Tee und ging hinauf zu Elisabet. Sie lief unruhig durch das Zimmer, das Bo ihr eingerichtet hatte. Es war ein heller, großer Raum, Bo hatte die alten Tapeten heruntergerissen, und Elisabet und ich hatten die Wände in einem hellen Gelb gestrichen, es sah so aus, als würde dort immer die Sonne scheinen.

Elisabet hatte rote Vorhänge genäht und mein Vater hatte

ihre Fensterrahmen gestrichen. Elisabet hatte ein Metallbett mit Himmel hineingestellt und Bo hatte gesagt, wie schön, und ich dachte, wie furchtbar, sagte aber lieber nichts. Alle sahen mich an und als ich schwieg, lachte Elisabet und sagte, du findest es furchtbar. Schön ist es jedenfalls nicht, sagte ich und Bo sagte, es ist romantisch und das macht Ada Angst.

In Elisabets Zimmer standen außerdem ein geblümtes Sofa und ein großer Kleiderschrank, der alt war und Bo gehört hatte, und mein Vater hatte ihn wieder hergerichtet. Elisabet hatte einen Glastisch und einen weißen Sessel davorgestellt, und ich schenkte ihr ein Bücherregal und stellte meine Bücher hinein, sie lächelte und sagte, nun ist ja auch ein bisschen Ada neben meinem Himmelbett. Wir alle hatten uns bemüht, Elisabet ein Heim zu geben, das sie vielleicht noch nie hatte, und sie hatte auf ihre stille Art ihre Kleider in den Schrank gehängt und Bos Küche gereinigt.

Als ihr Zimmer fertig war, hatte sie gekocht und Wein eingekauft und wir saßen zusammen in Bos Küche. Als Bo sagte, ich muss melken, sagte mein Vater, soll ich helfen, und alle schwiegen belustigt. Bo sagte, gern, und mein Vater lachte laut und sagte, das sollte ein Witz sein, und Bo sagte, ich bringe Annalena mit in die Küche, dann kannst du ja üben.

Neben Elisabets Zimmer gab es noch einen kleineren Raum, in dem Bo wochenlang abends gearbeitet hatte. Niemand sonst hatte ihn betreten dürfen, und wenn Bo ihn verließ, hingen ihm die Haare schweißnass ins Gesicht und er roch nach Holzlack und Wandfarbe.

Du musst Vorhänge nähen, hatte er zu Elisabet gesagt, die lächelte, und kurze Zeit später schnarrte das Tuckern ihrer

Nähmaschine durch das Haus. Ich ließ mein Buch sinken, lauschte eine Weile dem Geräusch häuslicher Arbeit und sagte, komm her, Bo. Er beugte sich zu mir herunter und ich hatte an seinem feuchten Hals gerochen und gesagt, dein Geruch ist mein Leben, und Bo sagte, liebst du mich, Ada. Gib dich damit zufrieden, dass mir deine ländliche Note gefällt, sagte ich.

Einige Zeit danach hatte Bo laut durch das Haus gerufen, los, Harem, antreten, ich will euch etwas zeigen, und er trommelte uns im ersten Stock zusammen, wo wir gespannt vor der so lange verschlossenen Tür standen. Für dich, hatte er zu Elisabet gesagt, es ist ein Geschenk, und er nahm meine Hand und Elisabet öffnete die Tür.

Rosa und hellblau gestrichene Wände strahlten uns entgegen, und an die Decke hatte Bo einen blassen Sternenhimmel gemalt, der leuchtete. Die alten Holzdielen hatte er abgeschliffen und weiß lackiert, und es standen zwei kleine selbstgebaute Kleiderschränke an den Wänden, einer hellblau, einer rosa, und in jedem hing ein winziger Schlafanzug mit Bommeln an den Füßen.

Vor den Fenstern stand eine selbstgebaute Wickelkommode, die einmal ein alter Schreibtisch gewesen war. Bo hatte die Griffe erneuert und Schubladen eingebaut. Er hatte Windeln und Cremes dazugestellt und eine kleine Lampe in Form einer Katze hing darüber und schenkte dem Zimmer ein schläfriges Licht.

In der Mitte des Raumes standen zwei schwere Holzwiegen, jede hatte ein Herz am Kopfende und einen Himmel und Bo sagte, du musst nur noch Bettwäsche nähen, und wir sahen Elisabet an, die weinte und sich nicht bewegte.

So schlimm ist es nun auch wieder nicht, sagte Bo lächelnd, er nahm sie in den Arm und sie sagte, es ist wunderbar, ich weiß nicht, was ich sagen soll. Frag Ada, sagte Bo, sie ist Expertin, er grinste zu mir herüber, und ich ertappte mich beim Schaukeln der Bettchen und konnte nicht fassen, was Bo für ein Mensch war.

Mein Bauerntölpel ist ein Möbelbauer, sagte ich leise und Bo sagte, für kleine Adas würde ich mich noch einmal so ins Zeug legen, und da lachte Elisabet und ich tat so, als hätte ich ihn nicht gehört.

Elisabet und ich hatten den Tee ausgetrunken, sie war schweigsamer heute als sonst und sah blass aus. Ich erzählte ihr von Wolff und seiner Tastenmanie und Elisabet lächelte matt und als wir unten Bos Auto hörten, sagte sie, gut, dass Bo wieder da ist. Sie stand auf und ging ans Fenster, ich stellte mich neben sie und Bo blickte hinauf.

Wir winkten ihm zu, er trug seinen schwarzen Anzug und ich dachte, wie schön er doch war, als Elisabet plötzlich mitten in das neue Zimmer pinkelte. Sie ging in die Knie, und ich sagte, igitt, ich hole einen Lappen. Die Tür ging auf und Bo kam herein, er sah Elisabet an und rief, Ada, hol heißes Wasser und saubere Tücher und ruf einen Arzt an. Ich begriff, dass die Wiegen bald besetzt sein würden, und raste die Treppe nach unten. Orientierungslos stand ich in der Küche und es dauerte ewig, bis das Wasser endlich kochte, weil ich vor Aufregung den Gasherd nicht zum Brennen brachte.

Als ich wieder nach oben kam, lag Elisabet in ihrem Zimmer auf einer Matratze, die Bo geholt hatte, die Beine hatte sie angewinkelt wie ein Käfer und sie trug eine alte Stallhose von Bo. Elisabet entgleiste das Gesicht, sie stöhnte und ächzte und rief nach Leo und verfluchte ihn.

Sie schrie und schwitzte und Bo hielt ihre Hand und drückte auf ihren Bauch. Bald hast du es geschafft, sagte er und strich ihr mit einem kühlen Lappen über die Stirn und Elisabet sagte, Scheiße, Scheiße, Scheiße. Du musst hineinatmen in die Wehen, sagte ich, denn das kannte ich aus dem Fernsehen, und sie schrie, halt die Klappe, Ada, und ich fragte sie, sind das Wehen, und da schmiss sie mich hinaus.

Bo schickte mich nach unten, ich sollte in der Hofeinfahrt auf den Arzt warten, und ich war froh, dass ich mir das nicht länger ansehen musste. Ich wartete lange und hörte Elisabet bis nach draußen schreien und da fiel mir ein, dass ich vergessen hatte, den Arzt anzurufen, und ich raste zum Telefon. Als ich auflegte, hörte ich Bo nach mir rufen.

Ada, schnell, und ich stürzte die Treppe nach oben. Es war ganz still im Zimmer und als ich die Tür öffnete, bewegte sich Elisabet nicht und ich hörte mein Herz rasen und Bo weinte. In seinen Armen hielt er zwei winzige rosa Menschen, die aussahen wie Ferkel und die borstige Haare auf den Köpfchen hatten wie Siegfried.

Sie hatten die Augen geschlossen und ihre winzigen Händchen hielten sie zu Fäusten geballt und streckten sie in die Luft, wo sie sich so sanft bewegten wie Grashalme. Elisabet sagte leise, Ada, darf ich vorstellen, das sind Malla und Bo, und Bo weinte noch mehr, und ich legte mich zu Elisabet und sagte, du hast zwei Wunder vollbracht, und Bo legte die Kinder zwischen uns und sagte, ich brauche einen Schnaps.

Wo bleibt nur der Arzt, sagte Elisabet und in dem Augenblick klingelte es an der Haustür und ich hörte, wie Bo öffnete. Ich habe ihn spät angerufen, weil ich doch wusste, was für eine tolle Hebamme Bo ist, sagte ich und Elisabet lächelte matt und sagte, du bist mir eine tolle Geburtshelferin.

Ich werde ihnen ein umso besserer Vater sein, flüsterte ich und sie weinte vor Erschöpfung und sagte, ich habe mehr, als ich mir je gewünscht habe, ich habe dich und Bo, und ich sah sie erstaunt an. Vielleicht hatte ich ja doch einen Zeugen.

Der Arzt wog die Kinder und stellte die Papiere aus. Er untersuchte Elisabet und gratulierte Bo zu der sauberen Geburt, wie er es nannte. War keine Kunst, sagte Bo, das geht bei den Schweinen nicht anders, da kommen sogar noch mehr raus. Nur die Kühe, die werfen im Stehen.

Er zwinkerte mir zu und der Arzt schüttelte ihm verlegen die Hand. Kommen Sie morgen ins Krankenhaus zur Neugeborenenuntersuchung, sagte er und Bo sagte, wollen Sie einen Schnaps.

Als ich nach einer Stunde in die Küche kam, saß dort Bo am Küchentisch und vor ihm lag die leere Flasche. Es war dunkel und er hatte kein Licht gemacht. Ich zündete eine Kerze an und streichelte seinen Kopf und Bo sagte mit schwerer Zunge, so etwas Schreckliches habe ich noch nie erlebt.

Ich legte meinen Kopf auf seinen und sagte, du bist eine tolle Hebamme, und Bo sagte, als die Kinder plötzlich in meinen Händen lagen, eines nach dem anderen, das war ganz unbeschreiblich.

Waren sie glitschig, fragte ich und Bo überhörte das und

sagte, sie grunzten ein wenig und öffneten ihre winzigen Augen und dann sahen sie mich und fingen an zu schreien. Er lächelte und ich streichelte seinen Kopf noch immer.

Zwei kleine Ferkelchen, alles dran, perfekte rosa Füßchen, die bald durch die Kuhfladen strumpeln werden, sagte Bo matt, dann sank sein Kopf auf die Tischplatte und er flüsterte, und einer heißt Bo. Er fing leise an zu schnarchen und ich konnte ihn nicht mehr fragen, ob sie komisch rochen, als sie herauskamen.

Ich legte ihm ein Kissen unter sein Gesicht und eine Wolldecke um die Schultern und ganz leise setzte ich mich zu ihm an den Tisch und sah ihn an. Er bewegte sich nicht und sein Haar fiel ihm in die Stirn. Seine großen Hände lagen vor seinem Gesicht auf der Tischplatte und sein Atem ging in gleichmäßigen Zügen. Wie schön du doch bist, dachte ich, und ich flüsterte, wie sehr ich dich liebe.

Ich erschrak, denn in der Stille der Küche und der Finsternis von Bos Nacht kamen mir meine Worte ungewöhnlich laut vor. Ich schlug mir die Hand vor den Mund und flüsterte in meine Handfläche, ich liebe dich ungeheuerlich, und ich fühlte in mich hinein, und das Blut rauschte und mein Atem ging und irgendwo hinter allen Worten war Bo.

31

Die Wochen in der Stadt schleppten sich zäh und träge dahin. Es war Winter geworden und ich hatte Professor Röslein die Unmöglichkeit meiner Arbeit vorgetragen. Ich hatte seit Wochen hinter meinem Schreibtisch gesessen und die Schweine über den Monitor laufen lassen und die Kühe brüllten laut durch unser Arbeitszimmer, aber es passierte nichts.

Ich hatte Wolff angeschrien, mitten in seiner lethargischen Gleichgültigkeit, du bist kein Mensch, hatte ich geschrien, was bist du, und Wolff hatte nicht einmal den Kopf gehoben. Ich wollte, dass es irgendwie voranging, wohin auch immer, aber hier bewegte sich nichts.

Als ich sein Zimmer betrat, hatte Professor Röslein hinter seinem Schreibtisch gesessen und wahllos Zettel in Bücher gesteckt, diese dann weggelegt, wieder aufgenommen und die Zettel zwischen andere Seiten geheftet. Der Geruch von Minze und verbrauchter Luft war mir entgegengeschlagen, nach getragener Kleidung, nach Alter und Vergänglichkeit.

Blattlose Ungeheuer schlugen gegen seine Scheibe und er bemerkte es nicht, vielleicht hatte er noch nicht einmal gesehen, dass der Herbst aus dem Sommer den Winter gemacht hatte. Herr Professor, hatte ich gesagt, meine Arbeit, meine Thesen, es stimmt nichts mehr. Ich kann sie so nicht weiterschreiben. Hinter mir fiel die Tür mit einem leisen Klicken ins Schloss. Als er mich registrierte, lehnte er sich zurück und sagte, Ada, Sie sind es, schön, dann machen Sie eben anders weiter.

Es geht nicht einfach so anders, sagte ich, die Frauen aus England haben ihre Felder verlassen, weil sie sich sattgesehen haben an dem ewigen Grün. Sie haben ihren Schritt verlangsamt und sich Flügel wachsen lassen. Flügel, fragte Professor Röslein und guckte betroffen. Ja, antwortete ich. Wie ins All geschossen, haben sie ihre Suche fortgesetzt, und weil ihnen auch das nicht genügt hat, ist ihr Dahingleiten zu einem hektischen Flügelschlagen geworden. Bis heute haben sie die Felder nicht mehr gefunden und niemand kommt, um sie ihnen zu zeigen, weil es nur noch wenige Menschen gibt, die sie sehen können. Meine Stimme war laut geworden und Professor Röslein sagte, Ada, aber ich ließ ihn nicht weiterreden, ich musste ihm alles sagen, die ganze Wahrheit. Selbst wenn ihnen jemand die Hand reicht, jemand mit Erde unter den Schuhen, erkennen sie ihn nicht. Sie lachen ihn aus und sagen, ich geh weg von dir, weil du Schweine hast.

Schweine, sagte Professor Röslein, aber er hatte es nicht verstanden. Machen Sie weiter, sagte er, senkte den Kopf in ein Buch, das er schon mehrfach verzettelt hatte, und da wusste ich, dass das Gespräch beendet war.

Ich blieb noch einen Moment stehen, mitten in seinem Zimmer, in seinem Durcheinander, sah auf ihn nieder, wie er da saß, zerfurcht und farblos, er sah müde aus. Die Bewegungen seiner Hände waren fahrig und er schien nicht zu bemerken, dass ich noch da war. Leise verließ ich den Raum und kochte ihm einen Kaffee.

Irgendwann würde Wolff so dort sitzen und mein Weg führte in die gleiche Richtung, und es stieg ein Gefühl in mir hoch, das ich nicht kannte, ein kurzer Stillstand, ein Schwindel, und als ich Professor Röslein den Kaffee auf den Tisch stellte, erkannte ich, was es war.

Es war eine Leere, ein gefühltes Nichts, das sich durch den Moment fraß und das aus Momenten Tage machen würde und irgendwann mein Leben bestimmen sollte, und ich ging zu Wolff und zog den Stecker aus meinem PC. Augenblicklich hörten die Kühe auf zu schreien und in der gewohnten Stille warf ich meine Bücher in einen Karton und entfernte mit einem Messer mein Namensschild von unserer Tür.

Als ich das Gebäude verließ und mir die schneidende Winterluft entgegenwehte, fühlte ich mich leicht und frei, ich würde mir etwas anderes suchen, was, wusste ich nicht, und es machte nichts. Ich drehte mich noch einmal um und sah hoch zu dem Fenster, hinter dem ich so viele Stunden gesessen hatte, und es war, als winkten mir blasse Porzellangesichter zu und für einen Moment färbte der kalte Wind ihre Wangen rot.

Ich hob meine Hand und verabschiedete mich leise von ihnen und sie verschwanden in der Stille hinter der Scheibe und ließen mich ohne ein Wort gehen.

Ich beschleunigte meinen Schritt und hielt vor einer Telefonzelle. Ich wählte Bos Nummer und ich war fest entschlossen, es ihm heute zu sagen. Als ich seine Stimme hörte, wurde der Winter warm und die Wärme hatte alle Wörter verschluckt und wieder stand ich still und schwieg in den Hörer. Über der Telefonzelle setzte sich ein schwarzer

Vogel in den Baum, er riss den Schnabel auf und ein schneidender Laut zerriss den Winterhimmel. Die Wolken verhedderten sich in der schweren Luft und mir fielen alle Wörter durcheinander.

Arbeitest du nicht, fragte Bo. Nein, sagte ich, es hat keinen Sinn. Ich habe sie hinter mir gelassen, die Frauen aus England. Bo lachte leise und dann wurde seine Stimme ernst und er sagte, Ada, bist du jetzt im Leben angekommen?

Ja, sagte ich und ich sagte, Bo, ich finde meine Worte nicht, und Bo wartete geduldig in mein Schweigen. Als das Rauschen im Telefon lauter wurde, weil das Nichts zwischen uns sich aufzublähen begann, sagte Bo, ich komme zu dir, Ada. Elisabet kommt gut alleine klar und ich hole dich ab aus deiner Welt ohne Bäume, und dann setze ich dich in den Mist und der färbt dir die Wangen rot und mit dem Wind werden die Worte schon wiederkommen.

Ich schwieg und überlegte, ob es das war, was ich wollte. Es ging nicht ohne Bo und es ging auch nicht mit Bo, aber es ging irgendwie in Richtung Bo und ich wusste nicht, wo es zu Ende war, und wann es angefangen hatte und was es war, wusste ich eigentlich auch nicht. Bo erwartete jetzt etwas von mir, eine Entscheidung, ein Wort. Später, dachte ich. Später würde ich es ihm erklären, später würde mir sicher etwas einfallen, später, nur jetzt nicht und ich sagte zu Bo, es ist jetzt noch zu früh, und Bo sagte, nein Ada, jetzt ist genau der richtige Zeitpunkt.

Bo wollte herkommen und ich sagte, wir reden, wenn du da bist, und vielleicht komme ich mit zurück. Und dann, fragte Bo und ich sagte, ich weiß nicht, und am anderen Ende war es still geworden.

Du bist seltsam, Ada, aber ich liebe dich, sagte Bo jetzt. Ich hielt den Hörer in der Hand und mein Nacken wurde heiß. Gehen wir auf den Friedhof am Sonntag, fragte ich und Bo schwieg. Bo, sagte ich und er räusperte sich. Ich habe dir etwas sehr Wichtiges gesagt, Ada, und du musst etwas dazu sagen, sagte Bo.

Was soll ich sagen, fragte ich. Ich hatte so viele Wörter, ich liebte die Sprache, ich hatte sie studiert und nun half sie mir nicht, gab mir keine passenden Worte, nur ein Krächzen, etwas Vorsprachliches, nichts, das Bo verstand, nichts, das es mir selber erklärte. Bo, sagte ich, was soll ich dir sagen. Liebst du mich, sagte Bo, ich muss es wissen.

Ich schwitzte und der Hörer rutschte in meiner Hand. Ich dachte nach und ich wusste, dass dies der Moment war, und ich sagte, Bo, das ist der Moment, oder? Bo sagte, ja, und mein Nacken brannte. Ist es so schwer, fragte Bo. Nein, dachte ich, aber das ist keine Antwort, keine, die du hören möchtest. Was ist eine Antwort? Bo, hämmerte es in meinem Kopf. Was sollte ich ihm sagen?

Ich dachte an sein verschwitztes Haar und seine blitzenden Augen und an die Wollsocken auf dem Wohnzimmertisch und an Bo, der aus dem Stall kam mit hochgekrempelten Ärmeln und Schmutz im Gesicht. Ich sah ihn vor mir, wie er mit seiner Nase im Weinglas jede einzelne Traube würdigte, bevor er trank, und wie er Siegfried zärtlich über den Kopf strich. Es waren kleine perfekte Momente. Momente, die keiner Worte bedurften, doch jetzt brauchte ich sie und fand keine. Bo, flüsterte ich.

Ich dachte an seine Küche, die nach Schwein roch, und an seinen messerscharfen Verstand, und ich dachte an Bo, wie er neben mir in der Oper saß, die sonst wilden Haare ordentlich gescheitelt, meine Hand nahm und die Musik plötzlich vielfarbig wurde. Mir fiel meine Mutter ein, die mich fragte, kocht dein Blut, Ada, kannst du es fühlen, und ich fühlte in mich hinein und damals sah ich es nicht, weil ich es nicht kannte, aber jetzt war es da, eine Atemnot, ein Wortstillstand und ein großer Schmerz, und ich flüsterte, ich liebe dich, Bo, in das Knacken am anderen Ende der Leitung, und das Schweigen stimmte unser Ende an wie eine Fanfare. Ich wusste nicht, was es bedeutete.

Später auf dem Bahnhof hatte ich es verstanden, erst bei dem vierten Zug, der Bo nicht brachte. Ich wartete drei Stunden auf Bo. Nachdem er nicht aus dem ersten Zug ausgestiegen war, wusste ich, dass er nicht kommen würde. Trotzdem wartete ich. Züge rauschten an mir vorbei und Gesichter verschwammen in ihnen zu einem trostlosen Pastellgemisch. Der Wind fegte eisig über den Bahnsteig. Der Himmel war grau und trieb träge Wolken vor sich her.

Die Türen öffneten sich und spuckten hastige Menschen aus. Eine Frau schleppte vier Plastiktüten und zog ein Bein nach, sie ächzte unter dem Gewicht ihres Gepäcks. Ein Mann stand neben ihr und drängelte, los jetzt, sagte er. Er zog eine Zigarette aus der Manteltasche, steckte sie an und blies ihr den Rauch ins Gesicht. Sie blickte auf ihre Tüten und ging langsam weiter. Kann ich helfen, fragte ich und sie sah auf, was fällt Ihnen ein, sagte sie.

Zwei Kinder jagten einander um den Fahrkartenautomaten und die Mutter versuchte, sie zu beruhigen. Bleibt stehen, rief sie und die Kinder rannten kreischend noch schneller. Ein Pärchen umarmte sich und er küsste sie lange mit geschlossenen Augen, sie sah an seinem Kopf vorbei zu den Leuten und ihr Gesicht war rot. Lass, sagte sie und er weinte.

Ein Obdachloser wühlte in den Mülltonnen und sammelte Zigarettenstummel vom Bahnsteig, ein junges Mädchen warf eine Zigarette vor seine Füße und klebte einen Kaugummi an die Wand. Sie schmiss ihre Haare nach hinten. Er bückte sich, seine Hände waren schwarz. Das Mädchen sah in eine andere Richtung, die Wolken hingen tief.

Bo kam nicht. Nach drei Stunden stand ich auf und verließ den Bahnhof. Ich ging nicht nach Hause, denn dort wartete alles auf Bo, auch die Wände. Ich lief los und die Stadt, in der ich viele Jahre gelebt hatte, kam mir fremd vor. Die Kirchen, die Häuser, die grauen Straßen mit ihren kreischenden Straßenbahnen, die vielen Menschen, der ölige Geruch, fremd, alles noch nie da gewesen. Das Prasseln des Regens verschluckte meine Schritte und die Menschen verschwammen in der Kälte zu konturlosen Nichtigkeiten. Wo bist du, flüsterte ich in die Dunkelheit.

Er hat Schweine, hatte mein Vater gesagt und ich dachte darüber nach, was ich hatte. Ich dachte, es wären die Wörter gewesen, aber die hatte ich nicht, nicht einmal genug, um es Bo zu sagen. Sie hat es im Kopf, hatte mein Vater gesagt, nicht in den Beinen, und nun rannte ich durch die Stadt, weil ich es auch nicht im Kopf hatte, und meine Beine trugen mich weit und als es hell wurde, stand ich still und rief meinen Vater an.

Er ist weg, sagte ich in die Telefonzelle hinein, meine Stimme war mir fremd, und mein Vater sagte, wer, und ich wusste, dass es keinen Sinn hatte, denn es waren wieder die

Wörter gewesen, die nicht bei mir waren, und das hatte noch nie jemand verstanden, nur Bo, und der hatte die Liebe mitgenommen.

32

Landschaften rauschten an mir vorüber, kahlbäumig und grau, und mit jedem Blick durch die schmutzige Scheibe fiel meine Sprachlosigkeit ab von mir und ich ließ mein altes Leben zurück und war fest entschlossen, es Bo zu sagen.

Ich liebe dich, Bo, so schwer war es doch gar nicht, er hatte mir das Sprechen beigebracht, mir Worte gegeben, und jetzt fuhr ich zu ihm, um sie ihm zurückzugeben. Sein Gesicht stand vor mir und sah mich an und ich lächelte in den leeren Waggon und streckte meine Hand in die Luft und berührte sein Gesicht.

Reisende liefen durch die Wagen und sie sahen anders aus an diesem Tag, glücklicher, und ihre Gesichter waren rot von der Kälte. Der Frost hatte die Bäume grau gefärbt und der Himmel hing tief in die Landschaften hinein, von denen nicht viel übrig blieb in dem spärlichen Licht dieses melierten Tages.

Ich würde zu Bo gehen und es ihm sagen und Bo würde es reichen. Mehr konnte ich ihm nicht geben, vielleicht ging das mit Büchern und Schweinen, aber vielleicht ging das auch nicht. Bo wollte kein Vielleicht mehr, Bo wollte eine Zukunft, ein Morgen mit mir und ich wusste, dass ich ihn liebte, aber ich wusste nicht, ob es ein Morgen geben könnte.

Der Zug hielt und die Bremsen kreischten. Auf dem Bahnsteig standen Menschen, die diesen fiebrigen Ausdruck von Reisenden hatten, selbst die, die nur auf Ankommende warteten. Sie liefen durcheinander, schubsten und drängelten und ein Mann zog mit einem lauten Rattern seinen Koffer hinter sich her. Ein Eiswagen bahnte sich seinen Weg durch die Menge. Ich fragte mich, wer Eis essen würde bei diesem Wetter, und schlug meinen Mantelkragen hoch.

Der Wind trieb Kälte und eine alte Zeitung vor sich her, die herumwirbelte und ihren Flug dann langsam und schwerfällig fortsetzte. Aus den Lautsprechern schepperten metallene Ansagestimmen und die Reisenden stöhnten, weil eine Verspätung von einer Dreiviertelstunde angekündigt wurde.

Ich stand unentschlossen unter den Lautsprechern, die Menge schubste mich hin und her und ich ließ mich treiben und hoffte auf einen Halt, eine Antwort. Andere Ansagen dröhnten an mir vorbei, die Züge kamen und gingen und die Augen der Ein- und Aussteigenden verschluckten mich für einen Moment und eilten dann weiter.

Ich verließ den Bahnhof und ging zum Taxistand. Ein alter Taxifahrer wuchtete meinen Koffer in den Kofferraum und hielt mir die Tür auf. Wohin, sagte er und ich dachte, wenn ich das wüsste. Erst mal zu meinen Eltern, sagte ich und dachte, dass das Gespräch mit Bo nicht so eilte und Bo nicht wusste, dass ich kommen würde, und ich noch immer nicht sagen konnte, ob ich blieb. Der Tag hing schwer und grau auf der Straße und sicher würde es heute noch Schnee geben, die Luft roch danach.

Ich blickte nach vorn, der Taxifahrer fixierte mein Gesicht und sagte ungeduldig, und wo wohnen die, junge Dame. Ich sah auf den großen Leberfleck auf seiner Wange und dachte, wenn man kleine Beinchen daran malen würde, wäre es ein Insekt. Wer, fragte ich und er sagte ruhig, Ihre Eltern, und schaltete die Uhr ein.

Das Taxameter lief und als es bei vier Euro stand, sagte ich, warum wollen Sie das wissen, und er lachte laut auf und sagte, von mir aus können wir auch den ganzen Tag hier stehen bleiben, und da erst erinnerte ich mich, wo ich war, und nannte ihm die Straße. Aus dem Radio sang eine schrille Frauenstimme und es war zu laut. Der Taxifahrer beobachtete mich durch den Rückspiegel und schüttelte mit dem Kopf. Sie sehen gar nicht aus wie eine Irre, sagte er und ich sagte, Sie sehen aber aus wie ein Taxifahrer, und ich dachte an den Leberfleck und durch den Rückspiegel sah ich sein beleidigtes Gesicht.

Ada, rief meine Mutter glücklich und hinter ihr erschien mein Vater im Flur und er sah mich fest an, wollte Bo nicht in die Stadt kommen, fragte er. Doch, sagte ich, aber so geht es auch, und meine Mutter erkannte an meinem Ton, dass etwas nicht stimmte. Sie legte ihren Arm um mich und ich sagte, lass das, und wehrte sie ab.

Fährst du zu ihm, fragte sie und mein Vater sagte, das hat Ada nicht nötig, und ich setzte mich auf das Sofa. Bo hatte unser Telefonat anders bewertet als ich, er drängte auf eine Antwort und ich war ihm ausgewichen, und nun saß ich hier und wich ihm noch immer aus. Was soll ich ihm sagen, sagte ich und meine Eltern sahen sich an und mein Vater sagte, was will er denn hören.

Meine Mutter guckte böse zu ihm und sagte, was du fühlst, Ada, er muss es wissen und du musst es sagen. Wieder sah sie zu meinem Vater, der schnell sagte, ich sage es deiner Mutter auch hin und wieder. Sie wich seinem Blick aus und ich wusste, dass Bo mehr wollte als nur ein paar Worte, auf denen nach Jahren Staub liegen würde.

Am Abend, als es schon dunkel war, fuhr ich zu Bo. Das Haus lag hinter hohen Tannen, aus der Ferne sah ich nur den Schornstein rauchen und als ich näher kam, hörte ich die Kühe im Stall. Ich stellte den Wagen auf die Auffahrt neben Bos und blieb einen Moment unschlüssig sitzen. Es war noch früh und trotzdem war es finster. Selbst der Mond schien sich nicht hinter den Wolken hervorzutrauen.

Ich stieg aus und atmete tief ein, die Luft roch noch immer nach Schnee. Ich ging um das Haus herum und betrat von hinten Bos Küche, aus der mir warme Luft und der Geruch von gekochtem Essen entgegenschlugen. Seitdem Elisabet hier wohnte, war es gemütlicher geworden, wärmer und aufgeräumter. Es gab regelmäßige Mahlzeiten und freundliche Worte und das Haus war lebendig. Bo, rief ich in das Haus hinein, aber es antwortete niemand.

Ich zog meine schmutzigen Schuhe aus und stellte sie in den Waschraum neben der Küche. Bos Stiefel standen dort, er musste also im Haus sein. Ich rief noch einmal seinen Namen, nichts regte sich. Ich ging ins Wohnzimmer und dort saß Bo hinter seinem großen Schreibtisch. Er war tief über einen Berg von Papieren gebeugt.

Er telefonierte und sein Gesicht war ernst. Ich weiß um die Quoten, sagte er scharf, er hob seinen Kopf nicht in meine Richtung, obwohl er mich gehört haben musste. Hallo Bo, flüsterte ich und Bo bewegte nur kurz seine Hand und konzentrierte sich dann wieder auf sein Telefonat und sah auf die Papiere.

Bo wirkte nicht überrascht und nicht erfreut, mich zu sehen. Er sah gleichgültig aus und war weit weg. Ich warte draußen, sagte ich, denn ich hatte das Gefühl, dass ich in seinem Haus fehlplatziert war, und ich fühlte mich fremd. Bo hatte mich nicht angesehen. Er hatte nur achtlos die Hand gehoben, so als wollte er eine Fliege verscheuchen, die immer wieder in sein Gesicht flog, oder einen Hund, der zu dicht neben ihm ging.

Im Hinausgehen fiel mein Blick auf sein Bücherregal. Das Regal war bis auf einen Stapel Landwirtschaftszeitungen leer. Die Zeitungen lagen ordentlich gestapelt in kleinen Türmchen nebeneinander und ein dicker Ordner, auf dem *Rechnungen* stand, lag neben ihnen, sonst nichts. Ich blieb stehen, drehte mich langsam um und sah Bo an. Er hielt den Kopf weiterhin gesenkt und kritzelte mit dem Bleistift etwas auf die Papiere vor sich.

Wann, hörte ich Bo sagen und ich wusste, dass ich nicht mehr gemeint war, und ich fragte mich in diesem Moment, wann es aufgehört hatte. Ich zog meine Schuhe wieder an und ging hinaus. Ich lief um das große Haus herum und ging in den Stall. Die Kühe standen dicht nebeneinander und ich streichelte die Kälbchen. Ich füllte ihre Heuraufen auf und gab ihnen frisches Wasser. Ich kniete mich neben eine Kuh und fasste ihr Euter an. Es war warm und haarig und es fühlte sich an wie weiches Sandpapier.

Ich lehnte meinen Kopf gegen den feuchten Körper der Kuh. Sie schwankte leicht hin und her, vielleicht hatte sie schon geschlafen. Die Frauen aus England konnten überall sein, auch hier. Sie hatten keinen Ort und keine Zeit, sie hatten sich auf nichts und niemanden festgelegt. Sie waren an nichts gebunden, keine Großstadt, keine Universität, keine Menschen. Wie ins All geschossen, dachte ich und die Kuh schwankte unter meinem Kopf.

Sie konnten hier ebenso sein wie überall, ich hatte es nicht erkannt. Meine Stirn wurde warm durch den Körper des Tieres und meine Gedanken flossen klar und sicher durch meinen Kopf. Ich konnte sie mitnehmen, hierher, zu Bo, und es sprach nichts dagegen, hatte nie etwas dagegengesprochen und Bo hatte es gewusst. Er hatte ihnen sogar ein Regal gegeben in seinem Wohnzimmer. Bo, flüsterte ich und neben mir schlürfte eine Kuh laut aus dem Wassertrog.

Ich stand auf und verließ den Stall. Draußen war es dunkel und kalt. Ich roch an meinen Händen, der Geruch von Euter und Kuh klebte daran. Ich hatte ihn an Bo nie gerochen, er hatte ihn immer abgeduscht, wenn ich da war. Bo, rief ich in die Dunkelheit. Es blieb still und es dauerte einen Moment, bis ich mich orientieren konnte. Ich wollte zum Haus zurückgehen und Bo sagen, dass ich eine Entscheidung getroffen hatte. Ich wollte ihm sagen, dass ich es erkannt hatte und bercit war, ich wollte ihn berühren und ihm sagen, dass er mein Zeuge sein würde und dass ich es lernen konnte, und dann würde er irgendwann mein Gefährte sein.

Ich ging zur Haustür, ich wusste, dass der andere Weg jetzt nicht ging, dass der gewohnte Hintereingang durch die Küchentür mir heute Abend nicht noch einmal zustand. Ich hatte diese Tür immer benutzt, immer, wann ich es wollte. Bo hatte ich nie gefragt und Bo hatte nie etwas gesagt. Nur heute Abend hatte er etwas gesagt, er hatte geschwiegen und seine Augen von mir abgewendet, und das waren schneidende Worte gewesen, und ich hatte es noch immer nicht verstanden.

Die Haustür war groß und alt und ein abgenutzter Klingelknopf ragte aus der steinernen Wand. Kein Name stand darauf. Die Namen standen nur auf dem rostigen Briefkasten an der Hofeinfahrt, durch die Jahre verwittert und abgeblättert, unleserlich und älter als ihre Träger. Neben Bo standen dort noch Jost und Martha. Das waren seine Eltern gewesen, die kurz nacheinander gestorben waren. Bo hatte mir ihre Namen gezeigt, als er Elisabets hinzufügte, und gesagt, sie waren vierzig Jahre lang nur einen Tag ohne einander und das war, als ich geboren wurde, später hat mein Vater vor ihrem Grab gestanden und gesagt, das ist doch keine Geburt hier. Ein kalter Wind hatte an dem Tag geweht, als Bo mir das erzählte, und Bo hatte gesagt, dass es der gleiche Wind war, der seinen Vater von ihrem Grab nach Hause getrieben hatte, bevor er sich auf seine Hälfte des Bettes legte, um nie wieder aufzustehen.

Ich wollte meinen Finger auf den Knopf legen und es Bo endlich sagen, doch ich drückte die Klingel nicht durch, etwas hielt mich zurück, eine Unentschlossenheit, ein leiser Zweifel, und vor allem war es Angst. Ich hatte Angst, es Bo zu sagen, denn dann könnte Bo sagen, nein, Ada, und das konnte er nicht in mein Schweigen.

Dass er es doch gekonnt hatte, war noch nicht bis in mein Bewusstsein gedrungen. Eine kleine Veränderung vielleicht, ein vorsichtiges Innehalten, das mich die Haustür nehmen ließ und nicht den vertrauten Eingang, aber nicht mehr. Außerdem war es unmöglich, doch nicht jetzt, gerade jetzt, wo ich die haarigen Euter anfassen mochte und mich an eine Kuh gelehnt hatte, die warm war und weich.

Ich ließ meinen Blick nervös schweifen über das Dach des Stalls, die Autos, den Briefkasten, die steinernen Stufen. Schließlich blieb er hängen in den Tannen, und ein eisiger Wind brachte die Äste in Bewegung und aus dem kalten, dünnen Regen wurde der erste Schnee.

Elisabet würde das jetzt romantisch finden, dachte ich und mir fielen Filme ein, in denen es im entscheidenden Moment schneite, und ich hatte mich immer gefragt, ob das wichtig war. Der Schnee fiel in zarten Flocken und ich musste meinen Kopf senken, damit er mir nicht in die Augen rieselte, und da sah ich neben mir meine Frauen aus England.

Bo hatte die Bücher in einen Karton gesteckt und sie vor die Haustür gestellt, zum Altpapier. Die Bücher waren durchweicht vom Regen und vom Frost und zwischen ihnen steckten alte Zeitungen und die Pappe von Toilettenpapierrollen. Die dicken Einbände hatten sich mit Wasser vollgesogen und waren aufgequollen und der Karton war so nass, dass er an den Nähten gerissen war. In der Dunkelheit waren die Titel nur schwer zu erkennen und ich starrte lange in den Karton, bis ich begriff, was das bedeutete.

Ich ließ meine Hand sinken, die bis dahin noch immer bewegungslos auf der Türklingel geruht hatte, und ging einen Schritt zurück. Ich stolperte die drei Treppenstufen hinunter und konnte mich gerade noch fangen, bevor ich fiel. Ich ließ den Karton nicht aus den Augen. Ich glaubte nicht, was ich sah, und ich verstand es nur langsam.

Ich ging rückwärts zum Auto und hielt mich daran fest. Der Schnee fiel in mein Gesicht, meine Augen, und die Haut wurde starr und hart von der Kälte und ich blickte zurück zum Haus, und dort lagen noch immer die Frauen aus England und verschwanden leise unter dem Schnee.

Der Anfang

Es beginnt heftiger zu schneien und ein feines, flockiges Weiß hinterlässt einen flüsternden Film auf der Scheibe. Er hat sie vor die Tür gestellt und der Regen hat sie aufgeweicht. Ein Winter ohne Bo, und ich ziehe den Gurt fest um mich. Und ein Sommer. Ich sehe in den Rückspiegel zur Haustür, zu dem Karton, und da steht Bo in der Tür. Der Lichtkegel aus dem Flur hinter ihm lässt mir nur seine Umrisse in diesem Moment.

Ein Frühling und danach wieder Herbst. Ich warte und Bo steht in diesem Licht und bewegt sich nicht. Vielleicht sieht er mich an. Sein Gesicht kann ich nicht sehen, es verschwindet in diesem seltsamen Strahlen, nur seine Kontur, die sich in der Dunkelheit verliert, flirrt nicht, und er hebt eine Hand und lässt sie dann langsam sinken.

Ich drehe mein Gesicht weg und lasse den Motor an. Rückwärts fahre ich von der Auffahrt und Bo, die Haustür, das Haus, der rauchende Schornstein, alles wird kleiner und verliert sich schließlich in der Dunkelheit. Am Ende der Straße steht der Mond, mahnend und eisig, und ich folge ihm und als ich in die Kleinstadt einfahre, erschrecke ich über den Fortgang der Welt. Alles läuft in Zeitlupe vor der Scheibe weiter, die Menschen verlieren ihre Farben und der weiße Puder legt sich auf die Wege, die Dächer, die Köpfe und macht alles ganz leise.

Ich parke den Wagen am Straßenrand und lege meine Hand gegen die Scheibe. Der Schnee stirbt auf der anderen Seite, das Wasser rinnt leise hinunter und verfängt sich in den weißen Kristallen. Meine Hand liegt still und ich sehe sie an. Wenn du und deine kleinen Hände hier nicht alles durcheinanderbringen, hatte Bo gesagt.

Meine Hände haben ihn nicht halten können. Aber sie haben ein Euter berührt, das war wie Sandpapier. Ich starte den Motor und fahre, kurz darauf stehe ich vor einer roten Ampel. Du und deine Scheißkühe, habe ich gesagt und einmal haben wir uns wegen der Frauen aus England gestritten.

Bo hat in der Tür gestanden und mir nachgesehen, bis ihn die Totalfinsternis seiner Nacht verschluckte. Er hat sich nie im Schlaf bewegt und einmal hat er geflüstert, bleib bei mir, und ich habe es nicht getan.

Ich habe immer neben Bo gestanden, und ich habe ihn nie wirklich berührt, mein Herz war so kalt. Sein Gesicht steht vor meinem hinter der Scheibe und ich sehe ihn an, lange, so wie ich es in so vielen Nächten getan habe, als mir die Füße juckten und mich die Dunkelheit durch das Haus trieb. Bo, sage ich laut, ich liebe dich ungeheuerlich, und meine Worte sind klar und sie erschrecken mich nicht. Ihr Klang erfüllt das Auto, und vielleicht finden sie eine Pore dort draußen zwischen den Eisblumen und kriechen hinein.

Du Bauerntölpel, habe ich ihn genannt. Kleine Gummistiefel neben großen. Mein kleines Blassgesicht. Bo. Warum hast du mir eine verbrannte Nachgeburt von den Schweinen auf den Tisch gelegt, sein Lachen. Bo verschwindet hinter dem Weiß meiner Scheibe und sein Gesicht ist nicht mehr sonnengebräunt.

Bitte heirate mich niemals. Er hat sein Versprechen gehalten.

Leben ist mehr als Zusehen und Aufschreiben, hat Bo in einer Nacht zu mir gesagt. Leben geht über die Wörter hinaus, die du studierst, Leben beginnt dort, wo die Sprache aufhört, es ist Atmen und du kannst seinen Pulsschlag hören, wenn du nur willst.

Ich atme doch, habe ich gesagt und Bo hat mich fest an sich gedrückt und geflüstert, nein, Ada, du holst Luft, aber ich werde dir das Leben schon beibringen, du musst mich nur lassen.

Bo hat mir das Leben beigebracht, und jetzt höre ich seinen Pulsschlag neben mir, und ich atme tief ein in diesem unwirklichen Moment. Ich küsse Bo auf den eisigen Mund, aber sein Geruch ist verschwunden, und ich begreife, dass Bo nicht mehr da ist.

Ich kurbele das Fenster herunter und schreie in den schweren Nachthimmel und die Kälte legt sich wie ein Tuch auf meine Haut und dringt in mich ein. Ich höre das Hupen der Autos hinter mir und sehe die Ampel wieder auf Rot springen. Ich gebe Gas und donnere auf die Kreuzung.

Ich denke an Elisabet mit den beiden Kindern auf dem Arm und diese bunten Bilder fließen aus den Rahmen in meine Erinnerung und verwischen ihre Silhouette. Das Letzte, was ich von ihr sehe, ist ein winziger, schwarzer Punkt am Ende meiner Gedanken, der sich nicht mehr umdreht.

Vor dem Haus meiner Eltern parke ich den Wagen. Ich sage ihnen, dass Bo weg ist, und meine Mutter versucht, mich in den Arm zu nehmen. Ich weiche ihr aus und sage, mein Zug fährt gleich. Mein Vater holt meinen Koffer aus meinem Zimmer, ich habe ihn noch gar nicht ausgepackt. Meine Mutter steht mir schweigend gegenüber, sie sieht traurig aus. Ada, sagt sie und ich sage, ich muss los.

Wir steigen ins Auto und meine Mutter fragt, wohin gehst du, Ada. Ich hebe die Schultern und sage, weg, ich weiß nicht, was kommt, und mein Vater sagt, du hast hier immer dein Zuhause. Ich nicke ihm zu und wir alle wissen, dass das vorbei ist.

Geht jetzt, sage ich, denn ich mag diese kitschigen Abschiedsszenen auf Bahnhöfen nicht und sie wissen das und haben noch nie gewartet, bis der Zug gefahren ist. Sie drehen sich um und setzen sich mit kleinen Schritten in Bewegung. Sie kommen mir klein vor und alt und während sie sich entfernen, werden sie schon zu Fetzen eines früheren Lebens. Sie halten einander fest und meine Mutter dreht sich immer wieder um. Ich sehe die Tränen in ihrem Gesicht und ich weiß nicht, ob sie Bo gelten oder mir oder uns beiden.

Ich suche mir ein freies Abteil im Zug und stelle meinen Koffer neben mich. Es liegt kein Weg vor mir und keiner hinter mir. Wie ins All geschossen, stolpere ich los und nehme meine alte Flugbahn wieder auf, und keiner kommt aus den Feldern und sagt, du musst atmen, Ada. Es ist gut so, nichts lenkt mich ab und nichts bringt mich durcheinander. Ich habe den Kulturteil der Zeitung und Gummistiefel brauche ich nicht in der Stadt.

Mein Zimmer mit dem tollen Ausblick. Ich fahre zurück zu den Porzellangesichtern und alles stimmt wieder. Alle Wörter sind an ihrem Platz. Wer braucht elektrische Weidezäune? Kein schmutziges Auto vor der Tür und nie wieder juckende Füße. Mein kleines Blassgesicht, meine kleine

Wasserleiche. Ich ziehe den Telefonstecker, so bleibt die Hoffnung. Jetzt ein Bad nehmen.

Als ich in der Wanne liege, sehe ich Siegfried und sein borstiges Haar an meinem Spiegel stehen, Wassertropfen auf dem Kopf. Du fehlst mir gar nicht. Noch eine Karte wird dir Siegfried nicht schreiben, hat Bo gesagt. Die Frauen aus England, meine Porzellangesichter, ich, du, wir. Wir nehmen ein Bad und es duftet nach Lavendel. Besser als Kuhfladen, da sind wir uns einig.

Bo hat die Liebe mitgenommen. Ein großer Schmerz, ein Wortstillstand und *La Traviata* ist nicht mehr so schön wie vorher. Hol die Schweine aus dem Wasser.

Bo, meine Liebe.

Du fehlst mir gar nicht.

Deine Ada.